メディアワークス文庫

トンデモワンダーズ 上
〈テラ編〉

人間六度

原案：sasakure.UK

ような気がします。そんな二人だからこそ乗り越えられた逆境って、いっぱいあると思います。このお話を読んでると、難しい困難だって乗り越えていけるんじゃないか…!?という前向きな気持ちにさせられて、この曲を作っていた時のことを思い出します。

作中に登場するものは、僕が作った他の楽曲を知っていると楽しめる要素も入っています。（人間六度さんの熱い想いがこもっています！）細かいところまで楽しんで読んでいただけたら嬉しいです。

また、一番最後のシーンは、原曲のMVと少し違います。どんな結末を迎えるのか、トンデモワンダーな二人の行く末がどうなるのか…!?

みんな楽しんでくれたら幸いです！

sasakure.UK

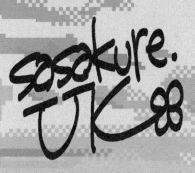

目　次

プロローグ

トんでいた意識が再び灯《とも》って感じたのは、全身に受ける突風と薄ら寒さ。次第に耳の奥へと入り込んでくる、ジェット機が真横を飛んでいるかのような轟音《ごうおん》。体中の肝という肝がギンギンに冷えていて、喉は焼けるぐらいカラカラで、だけどちょっとだけ心地がいい。

あれ。

私って今までどこで何をしてたんだっけ？

霞《かすみ》がかっていた頭の中が鮮明になるにつれ、今がどういう状況なのかがわかってくる。わかってくるからこそ、グッと唇を嚙《か》み締《し》める。

そして、覚悟して目を開ける。

「はぁ〜〜〜〜〜〜〜〜!?」

絶叫。

一面の、ベタ塗りの青。

頭のはるか上にある大地。

そう。私はその時、地上4000メートルの天空を、逆さまに落ちていた。

〝君、今マジでヤバいよ〟

と、目線の高さにある雲がのうのうと告げる。

〝おいなんか人間が落ちてきてるぞ？〟

と、下方を飛ぶ鳥たちの群れも噂《うわさ》して笑っている。

いやいや！

少しも笑いごとじゃないんだわ！

「本当に本当に本当にこんなのって」

背中に受ける凄《すさ》まじい風圧がジャケットをもみくちゃにし、ジタバタもがいてみたところで取りつく島もない。

それにスカートが完全に捲《まく》れ上《あ》がっている。

女子高生のスカートが完全に捲れ上がるなんてことは、たとえどんな場面だろうとあっちゃいけないコトなのに！

「こんなのって、マジで、ありえない……ッ！」

髪の毛はもうめちゃめちゃで、息もなんか苦しくて、涙と冷や汗は流したそばから空に置き去りになる。泣きたくて、さもなくば笑い出しそうで、心がぐちゃぐちゃになるけれど、落ち着け。

落ち着くことなんてムリだけど、落ち着け！

ただの女子高生の私が一体全体なぜ、このトンデモない異常事態に陥ったのか。

人生がゲームオーバーする前に、覚悟ぐらいはしておきたい。

1話　空とワンダー

ある日、あなたは王様に命じられる。

お前は勇者になるのだ！　って。

村人たちに見送られて、最初の村を出発する。

ボロボロのマントと錆《さ》びた剣《つるぎ》を持って、世界の秘密を探す旅に出るのだ。

モンスターを倒して経験値を獲得して、洞窟で宝箱を探して泥まみれになりながらアイテムを発見。でも発見しただけじゃダメで、ちゃんと装備しないと効果が発揮できなかったりして。

途中、宿敵《ライバル》に出会って、あまりの強さに立ち尽くして、心が折れそうになって。

だけど何度やられても立ち上がって、あなたは戦い続ける。

全てはラスボスを倒して、世界を救って、ウチュウの秘密を識《し》るため。

あなたは何度も挫《くじ》けそうになるだろう。

何度もコントローラーを投げ捨てたくなるだろう。

でも、怖がる必要はないよ。

だってこれはゲームだから。

ゲームは、何度だってやり直しができるんだから。

人生とは、違うんだから――。

1

「──人生は、ゲームとは違いますよ」

指導室の、四人掛けテーブルを挟んで座る担任のセンセーが、柔らかな口調でそう告げた。

「先生いっつも同じこと言うから、飽きちゃったよ私」

太々《ふてぶて》しくついた頬杖《ほおづえ》と、尖《とが》らせた口、膨らませた頬、それが私にできる数少ない反撃だった。

スカートのポケットが熱かった。何かと思えばアプリ《モルモル》が起動しっぱなしになっていた。スマホを机の上に出して、スカートをバサバサと払う。それでもしばらくはじっとりとした熱が、太ももに居残っている。

あ～。

早く終わらんかな、この時間。

「セーブもできませんし、やり直しもできません。貴重な高校生活を後からプレイしたいと思っても、もうその時にはあなたは高校生ではないかもしれない」

１８０センチの長身と安っぽいジャケット、分厚い紺縁の眼鏡と、教師御用達《ごようたし》のサンダルを身につけた担任の物理教師は、さも心配だという感じで告げた。

センセーはそして、机に載ったＢ６サイズの紙切れと私とを、交互に見た。始業式の日に配られ、最初の授業日で提出を求められた進路希望用紙だった。

「教えてください。あなたの未来は空っぽですか？」

進路希望用紙は白紙だった。

私は反論した。

「こんなコピー用紙一枚で何がわかるっていうんですか。私は、未来なんかいらない。今が欲しいんです。こうしているうちにも中庭に隕石《いんせき》が落ちてきたり、職員室をテロリストが占拠したり、何かトンデモないことが起こっちゃったりしないかな、って――」

パシパシと、机に載った進路希望用紙を叩《たた》いてやった。

「……でもそういうこと書いたらさ、センセーきっと怒るじゃん」

「怒りませんけど、指導室行きは変わりません」

センセーの苦笑いがうっとうしくて、窓の外に視線を逃がした。

コピー＆ペーストされたみたいな街並みの中心には、塔のようなでかい建築物が見える。『建設中!』という文言をでかでかと掲げ、街の新たな観光名所となるべく絶賛建設中だそうなのだが、高さの割に誇らしくもなんともない。

だって、傾いているのだ。

手抜き工事か、設計ミスか知らんけど、わずかに、でも、明らかに、傾いている。

だからクラスではこう呼ばれている。

——斜塔《しゃとう》と。

「大人になってから選択を間違えた、と後悔したくないでしょう?」

よく言うよ。

建設途中から傾いてて、それで工事中止にもならないなんて。

大人の仕事だって、たいがい間違いだらけじゃんか。

「私も1個だけ訊《き》いていいっすか。センセーは、なんでセンセーになろうと思ったんですか」

白状しよう。今私は、ちょっとだけ意地悪をした。

柄のないネクタイと怖いぐらいピンと背筋の伸びた姿勢、そんな『ザ・教育者』って感じのセンセーに、少しだけ困った顔をして欲しかったのだ。

「中学生の時、私は心臓の病気で入院していたことがあって、当時の担任の国語教師が、お見舞いに来てくれました」

　けれど、想定外。

　センセーは誇らしそうに語り始めちゃった。

「毎週末、彼は必ず紙の本を持参してきました。瑞々《みずみず》しくも鮮烈な海外児童文学に、難解な純文学、単巻完結の傑作ライトノベル。私は当時、格闘ゲームにはまっていて、読書は退屈だと思っていました。でも担任は、紙の本の魅力を丁寧に教えてくれました。指先に触れる紙の感覚や、ページを自らめくることで流れる時間感覚、その得難さ。私は彼から、退屈との戦い方が一つじゃないと教わりました。だから私も、誰かを救う教師になりたいと志したわけです」

「うわぁマジか」

　と、思わず私は呟《つぶや》いていた。

　この人、どこまでいっても正しいなぁ。

　ツラい過去があって、恩師との思い出があって、そんなに幼い頃からもう将来像が固まっていて。そんなトロフィーみたいな動機を背負ってるセンセーは、ほんと先生として大正解の人なんだね、って――。

　ため息をつこうとしたのも、束《つか》の間《ま》だ。

換気のために開けっぱなしになっていた高窓から、何か、白くて細長いものがスゥーっと入り込んできて、室内を漂い始めたのである。

それは、ラムネぐらいの透明度と平べったい体を持ち、ゆっくりと宙を泳ぐ、不思議なイキモノだった。

「わっ、あれ、センセーっ！」

「なんですか」

「なんですか、じゃなくて。ほら、ワンダーです、ワンダー」

私の昂《たかぶ》った声に、先生はようやく視線を上げる。

透き通ったウミウシのような姿をしたイキモノは、全身のひだのような部分をうねうねと動かしながら、空を飛んでいた。

翼で羽ばたいているわけでもなく、風船で浮いているわけでもない。このイキモノ――《ワンダー》の体は、まるで物理法則を嘲笑《あざわら》うかのように、理屈なく宙に浮いているのである。

イキモノはゆっくりと高度を落とし、やがて先生の右手へとまとわりついた。

けれど、センセーは虫を払いのけるように手をひらひらと振った。

「あっ、センセーひどい」

すげない態度をとられたそのイキモノは、センセーの右手から渋々離れた。

「虫が苦手なんです」

「虫じゃなくて、ウミウシのワンダーです。ほら、ちゃんと見てください。足も6本じゃないし！」

「なぜウミウシだと？　私にはナメクジにも見えますが」

「あーもう、私が決めたからウミウシなんです。確定なんです！」

ワンダー。

それはこの街に現れる《教科書に載らないイキモノ》の総称だ。

普通の生物と違ってワンダーは、空に浮いていたり、体が透明だったりと、何かしらオカシなところを持っている。けれどそれ以外の一貫性は全然ない。形も大きさもまちまちで、ああいういかにもイキモノらしいやつから、植物にきのこ、筆記用具に家電、果てはロボットまでと――外見はなんでもありなのである。

「出席番号15番、テラさん」

センセーは諭すように告げた。

「今話すべきことを、話しましょうよ」

薄っぺらく透明なイキモノは、この部屋にいても何の得もないと悟ったらしい。再び空中へと昇り始め、中庭に通じる窓ガラスの前まで行くと、弱々しい音を立てながらガラスに体当たりを始めた。

「なにも、今から働いているところを想像しなくたっていいのです。ささいなことでいいんですよ。本を読むことが好きだとか、人と話すのが楽しいだとか。それに、打ち込めることがあった方が、人生、何かと楽ですよ?」

センセーは立ち上がって、窓ガラスを開けた。イキモノは青空に向かって勢いよく上昇していった。

いいなあ、お前は飛べて。

「ゆっくりとでいいので、あなたらしさというものについて、考えていきましょうよ」

スマホが鈍い音を立てて震える。

《モルモル》のスタミナが満タンになった通知だった。

「未来を見据えて。ね」

どこまでも正しいセンセーの捻《ひね》りのない励ましが、春なのにもう蒸し暑い。

2

リュックを取りに戻った時には、教室に人影はなかった。

廊下に出るとホルンの低い音とソプラノ帯を走る歌声が聞こえてきて、私はあくびを一つした。窓から見えるグラウンドからはサッカー部員たちの勇ましいかけ声が響いてくるし、自習室からは受験を控えた上級生のシャープペンシルで机を叩く音が漏れ聞こえてくる。

無軌道な足取りで下駄箱《げたばこ》に行き、靴を履き替える。

グラウンドでは打ち上がったフライを空飛ぶクラゲが呑《の》み込《こ》んで飛び去っていくし、園芸部の花壇には食虫植物が植わっていて、たまに花壇を抜け出しては虫を捕まえて食べたりしていた。

ああ、もう。

別に、珍しいものでもなんでもないのに、空飛ぶウミウシを見つけたぐらいで、一体何をはしゃいでたんだろうな私。

「ワンダーとか斜塔とか、この世界にはおかしなことがいっぱいあるのに。私が進路希望出さないことが、そんなに大きな問題なのかな……」
誰に向けるでもなく呟く午後3時39分。
進路希望用紙の紙切れ1枚が加わっただけなのに、行きの倍くらいリュックが重い。
クラスメイトは帰ってしまったし、打ち込んでいる部活もない。やることもないし一番《いち》
番街《ばんがい》に行って本屋にでも寄っていこう。
そんなことを考えながら、駅の方へと歩き始める。
歩きながら、ふと思う。
足りてないんだ。
私の人生には、何かが、欠けている。
打ち込める趣味？　青春を謳歌《おうか》したいっていう熱意？　それとも、センセーの言う
ような未来の目標……？
空は晴れているのに心の中が曇ってきて、私は街路樹の根元に転がっていた小石を
ポーンと蹴飛ばす。私の高校生活って、一体、何なんだろう。そんなお腹《なか》の足しにも
ならないことを考えて歩いていると、
「そのジャケットとツインテールは」
声が聞こえた。男の子の声だった。私はとっさに振り向く。

「やっぱり。テラじゃん」

見知った顔の男の子が、胸の前で控えめにひらひらと手を振っていた。

「ナルコ！」

私は彼の名前を呼んで、そして、彼の背後に立つ、同じく見知った顔の女の子にも声をかけた。

「それに、レムも！　めっちゃ奇遇じゃん！」

私はブンブンと手を振った。

すると二人は思い出したように、指を絡ませて繋《つな》いでいた手をぱっと離した。

3

ポテトをつまんだレムはその長めの1本を注視すると、隣の席に座るナルコの口に突っ込んだ。

そしてもう1本つまんで、それをまじまじと吟味する。

「あたし、ハローのポテトはさ、フニャッとしてる方が好きなんだよね」

レムはそう言って、ようやく見つけた油で絶妙にふにゃふにゃになった1本を口に運ぶ。

「邪道だなお前。カリカリこそ正義だろ」

すかさず言い返すナルコ。レムはキッとまなじりを引き絞り反論した。

「上訴します。法廷で会おう」

私は、ふにゃふにゃなポテトを探し当てて、レムの口へと突っ込んでやった。

「はい。これで示談成立」

「テラありがとう～好き～」

抱きついてくるレムの体を支えながら、私もナゲットを1個口に突っ込んだ。

ナルコとレム。

去年同じクラスだった二人は、今はどちらも別のクラスだが、正直に言って今のクラスメイトよりも仲がいい気がする。

「っていうか、なんかごめんね」

私がそう言うと、レムが不思議そうに首を傾《かし》げる。

「いや、二人の時間に割って入ったみたいになってさ。マンホール通りの方に行ってたんでしょ？　デート……とか、してたんでしょ」

途切れ途切れに言うと、二人は顔を見合わせて苦笑いを漏らした。

「いーなー。私も青春したぁい」

「やめなって。FPSゲーム無理やりやらされるはめになるよ」

「やめとけ。バイト先の愚痴を明け方まで聞かされるはめになる」

二人の口から声が飛び出したのは、ほとんど同時だった。

なんだこのカップル。これからかけがえのない恋をするかもしれない私への配慮ゼロか……？

私は何の気なしに、窓の外を眺めた。

そこにもまたワンダーの姿がある。

「魚だ」

遠目に見えたのは、空を泳ぐ魚のワンダーだった。

でも、ただの魚ではない。マントを着た魚である。ちょうどエラの部分に大きな花柄の布を巻きつけていて、裾を風にはためかせている。

斜塔の高さがおおよそ400メートルなので、その天辺《てっぺん》と比べると高度300メートルぐらいを飛んでいるってことになる。あれ、どうやって浮いてんだろう、とか。

あのマントをひっぺがして地面に敷いたらどれぐらいの広さになるんだろう、とか。

ぼんやりと考え、私は店内に視線を戻した。

「ワンダーってさ、いつからいるんだっけ」

私が言うと、レムが上体を起こしちょっと頭を捻った。

「考えたこともないなあ」

そう言ってスマホを取り出し《モルモル》というキャラクターを〝盛って〟いくパズルゲーム。上から落ちてくる《モルモル》を立ち上げる。

近々のアップデートで、課金アイテムの効果時間が短くなるらしいのだ。ナーフされる前になるべくアイテムを使い切っておきたい、とレムは意気込んでいた。

「テラはワンダーのこと好きだもんな」

ゲームに没入していくレムに代わって会話を引き取るように、ナルコが言った。

「別に好きってわけじゃないけど。変じゃん、フツーに」

「人に害を及ぼすわけでもないし、解剖しようとしても消えちゃうから調べることもできない。いるのに慣れちまったんだよ、きっと」

誰も私の質問に答えていない。

けど、それも当たり前の話なのだ。大人でさえあやふやにしていることを、子供の私たちが知るはずもない。

この街には、ワンダーがいる。

教科書に載らない謎のイキモノが、ただ、いるってだけの話で。

脚のぐらついたテーブルの上にナゲット二つとポテト特大一つ、ソースは季節限定のやつを優先で。シェイクはお腹が冷えるから三人で回し飲み。——そんな高校生の当たり前すぎる日常と、変なイキモノが空を飛んでいることは、別に《対立》しない。

何か、トンデモない非日常が起こるわけでも、決してない。

「お前こそどうしたよ？　なんか先生に呼び出しくらったみたいな顔してるぞ」

ナルコが顔を上げ訊《たず》ねる。

「シンロソーダン」

一瞬、しんと、空気が凪《な》いだ。

笑ってくれると思った。けれど違った。二人のやけに真剣な目つきが、耳障りな静けさになって私を包む。

ナルコが小刻みに頷《うなず》き始《はじ》めると、私は慌てて言い添えていた。

「いや普通にさ、何もないじゃん？　やりたいことなんて。かと言って思ってもないこと書くのも嫌だし。強いて言うならこうして放課後に集まってハローセット囲むのが一番楽しいっていうか——」

「でも、あたし家業あるわ」

スマホから顔を上げたレムが、そう言った。

レムの家は和菓子店だ。それは知っている。

けど、レム。

あんた前に言ってたじゃん。

作りたいお菓子はどっちかというとマドレーヌとかティラミスなんだ、って……。

「ナルコは？　将来の話とか全然してなかったじゃん」

「うん」

私はその頷き一つに、どれぐらい救われたか。

そして続く言葉に、どれほど突き放されたか。

「俺もまだやりたいことがわからないから、だから進学って書いたよ。とりあえず経営系を学べば、いつかレムのサポートができるかもしれないしな」

さらりとそう言ってのけるナルコに、頬をちょっと朱に染めたレムがどつきを入れた。「重いんですけど」「俺の勝手だろ？」口を尖らせて叩き合う軽口。二人の体が、揃《そろ》って揺れる。

二人と出会ったのはいつだったろう。よく覚えていないけれど、少なくとも高校1年来の仲だ。ナルコは少し勉強ができて、レムは少し音楽ができて、私は少し運動ができる。そんな感じで、割と、私たちは横並びだったはずだ。

そんな二人が去年の冬、付き合った。

どっちから告白したのなんて私、訊けなかった。

「で、なんて言われたん？」

レムがスマホから顔を上げ、訊いた。

私はシェイクをずずっと啜《すす》って答えた。

「未来を見据えて、人生、打ち込めること、etc……」

「大人ってさ、未来って言葉すげー好きだよね」

ナルコがからからと笑って言った。そして、レムもそこに乗っかった。

「わかる～！　未来がない人ほど未来って言いたがるよね」

笑う。

二人の表情に合わせて、私の顔もほとんど自動的に笑顔を作る。会話に取り残されないように、場を繋ぐ。言葉が出ない時は、空白を埋めるようにシェイクを啜る。笑う。繕う。啜る。距離感を測りながら、立ち位置を確認しながら、お腹を冷やしながら、その場の空気にしがみつく。

その繰り返しの果てに待っていたのは――。

うっ。

下腹部に走った刺すような痛みに、私は背を丸めた。シェイクの大量摂取が祟《たた》ったらしい。なんとなく、こうなるんじゃないかってわかってたはずなのに、できないんだよなあ、学習。

私は席を立った。

背中に感じる二人の笑い声が、遠かった。

4

うまく笑えているかわからなくなって、洗面所の鏡に向かって微笑《ほほえ》んでみる。引《ひ》き攣《つ》って見えるので、右の口角を少し緩める。

……これでよし。

それから表情筋を一旦弛《し》緩《かん》させて、ため息をついた。

みんな答えを出していく。自分が何者かを見つけていく。学生としての《正解》になっていく。

なのに。

(私って、なんなんだろう)

授業でわからないところがあれば、勉強を教えてくれる友達がいる。人生相談とかしたらセンセーも、案外親身になって聞いてくれる。でも、自分が何者でなぜ生きているかだけは、誰も教えてくれない。

悩みも、焦りも、モヤモヤも、全部トイレに流せてしまえればよかった。

私は練習した通りの笑顔を貼り付け、席まで早足で戻った。

「あれ」

ナルコとレムがいなかった。

ポテトとナゲットをそのままにして、荷物もろとも消えていた。そういえば、二人ともこの後予定があるって言ってたっけ。

「逢《あ》い引《び》きすんならそう言ってくれればいいのに。……無言で帰られんのは、流石《さすが》に傷つくって」

私はため息をついて、ナゲットをテキトーに口に突っ込んで、早々に席を立った。

本当なら、そこでもっと不思議がるべきだったのだ。けれど私はつとめて下を向いていて、忌まわしい進路相談と、友人のちょっとした裏切りのせいで、心がいっぱいいっぱいだった。

だから店からまるっきり人がいなくなっていることに、その時は全然、気づけなかったのだ。

ハローバーガーは、ハローズというモールのプライベートチェーンである。そしてハローズは、一番街と双璧をなす駅近のオアシスだ。

エレベーターでモールの最上階に出ると、すぐに突風が頭上をさらった。

うわっ、という私の慌て声を塗りつぶすように、何か甲高い鳴き声のような音が響いた、かと思えば。

頭上を、巨大な影が覆った。

そこに見えたのは、悠然と飛ぶ1羽《わ》の鳥。

否――巨大鳥である。

(何あれ)

炎のような赤々とした翼を広げ、まるで自らの存在を誇示するように飛んでいく。

前髪に残る風圧の名残。

(不死鳥……?)

コピー&ペーストしたような街と斜塔。ただ青いだけの空。

いつも通りの景色のはずなのに、なぜか違って見える。

根拠はないけれど、今日こそ何かトンデモないことが起こるような気がして、そして、そんなお気楽な自分へと言い聞かせる。

(まてまてまて! 私は冷静になりたくて、ここに来たんでしょ)

意識を目線の高さに戻す。そこは昔懐かしの屋上遊園地だった。

錆びた線路の上に乗っかった、色のはげた真っ赤な汽車。クマやパンダを模した謎の乗り物。4頭しか馬がいないメリーゴーラウンド。

私は首をもたげ、観覧車を見上げた。


頭、冷やさないと。

20台に満たない青いゴンドラを、ところどころがくすんだ鉄柱が支える冴《さ》えない観覧車。こんな寂れた遊具でも高いところから街を眺めるというのは、何か、この世界と距離を置けるような気がして、都合が良かった。

係員さえいない観覧車に飛び乗って、窓枠に腕をもたれさせる。

上昇する体。

開けてくる視界。

そこでふと、気づく。ああ、でも、そうか。

そういうことか。

ナルコとレムは、突然大人びてしまったわけじゃない。恋をしたから。自分以外の誰かのことを、真剣に考えるようになったから。変化したんだ。

――教えてください。あなたの未来は空っぽですか？

頭の中にこびりついたセンセーの言葉。未来なんて考えようがないと思っていた。そして実際、誰しも未来なんて空っぽなのだ。でもあの二人は手に入れた。あの二人だったから、手に入れた。

出会うべき人と、出会ったから。

「やっぱり私も、した方がいいのかなあ。恋ってやつを」

ぼんやりとそんなことを呟く。情けない。呟くんじゃなくて、せっかくだから大空に向けて大声でぶちまけてやろう。

誰か私のこと、好きになっていいですよ〜。

只今《ただいま》絶賛セール中ですよ〜、って――。

そんな馬鹿げたことを考えながら、ゴンドラの窓の外へと目を向ける。

そこでようやく私は街の異変に気づく。

見下ろすスクランブル交差点に、人影が全くと言っていいほど見当たらないのだ。

今は、午後4時。

控えめに言っても賑《にぎ》わい時《どき》のはず。

やっと頭がはっきりと働き始める。さっきのハローバーガーの店内も、何かおかしくなかったか？　ナルコとレムはどっちも我が道をいく人間だから、いなくなったのは百歩譲ってわかる。友達としてはどうかと思うけど、一旦まあ許そう。

けれど。

トレーの上に食べかけのポテトや結露したドリンクを残したまま、客がみんな離席することなんてあり得るだろうか……？

私は窓に顔を押し付け、精一杯目を見開く。

無人。

何かの撮影？　にしては、撮影陣の姿がない。

動いているものは信号機と、駅ビルの大型ビジョンに流れるアニメーション広告だけ。

「何これ。どゆこと……？」

たとえば突然の豪雨に見舞われるとか、地震が起こったとかなら、まだわかる。困るし、嫌だけど、どういう異状が起こっているかが明らかだから。

でも、これはなんだ。

街から人が突然消える。

これって……どういうタイプの異状なんだ？

混乱が、最高潮に達しようという時、追い討ちのように新たな異状が迫ってきた。

何か、粒状のものが、空を高速で移動しているのが見えたのだ。

見間違いだと思って、目を擦《こす》ってみた。けれどますます粒は大きくなり、より鮮明になっていく。

ふた呼吸置いたところで、粒の正体が明らかになった。

魚だ。

さっきハローバーガーの店内から見たばかりだから、間違いなかった。ずんぐりとした体に花柄のマントを羽織った、空を飛ぶ魚のワンダー。

の、群れ。

少なくとも10体。いや、もっとかも。見た感じ単体の大きさは1、2メートルほどだが、それが群れて集まって、1匹の巨大な魚のように動いていた。

「すごっ！　ワンダーって、あんな速く動けるんだ」

我ながら能天気なコメントだった。

どう考えても、私は今すぐその場から逃げるべきだった。

観覧車の高さはせいぜい15メートル。非常用レバーで扉を開いて、鉄骨を伝って下りれば、まだなんとかなるかもしれなかった。

まばたきを一度するたびに、目に映る魚群の大きさは倍になった。

それがどういうことか、頭ではわかっていた。

接近してきているのだ。

それも、とてつもない速度で。

けれど私は窓に額を擦りつけ、彼らから目を離すことができない。今なにか、トンデモないことが起ころうとしている。進路相談とか将来設計とか自分の存在意義とか、そういうダルいことを全部吹っ飛ばしてくれるような非日常が、目前まで迫っている。

でも、この胸騒ぎだけがリアルだった。

三度のまばたきを経て、先頭を飛ぶ魚の1匹と目が合った。

直後。

衝撃が観覧車全体を貫き、私の体はシャカシャカポテトみたいに、ゴンドラ内を跳ね回った。私は何度も窓のガラスと鋼鉄の座席に、頭と腰を打ち付けた。

ずきずきと痛む頭。手を当てると後頭部が湿っている。

そして私はハッと息を呑む。

前のゴンドラがフレームから外れて吹っ飛び、メリーゴーラウンドのテントを突き破っていた。

（あっ。待って、これ――）

今まで散々センセーやナルコに話題を振っておいて、結局、自分でもそこまで真剣に考えていなかった、体長1メートルを超えるイキモノが、空を飛んでいることのヤバさ。そんな重さの物体に高速で激突されたら、どうなるか。

（――ガチでヤバいやつだ）

スローになる思考。

けれど体はどうしようもなく鈍かった。

おいおい、マジかよ。私の人生には何かが欠けている。その何かさえ見つかっていないのに。私はまだ、出会うべき人に出会ってもないのに。

恋も、したことないのに。

死因：魚と衝突――私、こんなわけのわからん事故で死ぬんか。

四度目のまばたきはそのタイミングさえ与えられず、瞳は、まるで散弾のように接近する魚群を、一度だけ捉える。ことの顛末《てんまつ》を見届けたいだなんてそんな崇高なこと、思えるはずもなく。

無様に私は、目を閉じた。

次に、私の視界が捉えたのは、1回転した空と――

黒いケープの――男の子？

細い腕が、その細さに見合わない強《したた》かな腕力で、私のお腹をガッチリと摑《つか》んでいた。

何者かに担ぎ上げられている。

担ぎ上げられた状態で空を飛んでいる。

「わ——ッ」

悲鳴？　そりゃ、上げるでしょ普通。

眼下に見えるのは傾き始めている観覧車の支柱。私が乗っていたと思《おぼ》しきゴンドラは、隣のビルの壁面にめり込み、砂埃《すなぼこり》をあげていた。

まもなく観覧車は、基部から倒壊を始める。

まさしくトンデモない光景だった。

屋上の縁《へり》に設置されていた観覧車は根元から折れ、ハローズの建物を壁伝いに落ちていったのだ。

30メートル近い高さから落下し、轟音と砂埃を巻き上げる観覧車。

それとほとんど同じタイミングで、私を担ぎ上げた人物は、斜向《はすむ》かいのビルの屋上へと着地し、足元へと私を降ろした。

ようやく私は、彼の全体像を目にする。

裏地に蛍光色のイエローをあしらったケープを纏《まと》い、胸元に三日月の首飾りを輝かせている。落ち着いた顔つきと優しげなまなじり。それと対照的な、どこか暗さのある面影が同居する同い年くらいのその男の子は、開口一番にこう言った。

「お前、なんでこんなところにいる？」

その表情。

〝マジで意味がわからない〟って顔だった。

奇遇だね。

私も〝マジで意味がわからない〟って顔、今してると思うよ。

「なんでって何？　私、普通に観覧車に乗ってただけだけど!?」

男の子はため息を押し殺すように頭を抱えると、

「そうじゃない。なんでクエスト中に僕以外の人間が……って、あぁ、ったく……なんて説明すりゃいいんだ」

じれったそうに、がりがりと頭を掻《か》いた。

その、お世辞にも筋肉質とは言えない、細い腕。

やっぱり、どこからどう見ても、私を抱えたままゴンドラから斜向かいのビルへ飛び移れるほどの肉体派という感じではない。

ってかさっきのは何？

なんで飛べたの？

あなたは誰？

年はいくつ？

頭から溢《あふ》れ出《だ》しそうになるクエスチョンマーク。けれど男の子の切迫した表情が、私の訊ねるチャンスを奪った。

「とにかくお前は〝プレイヤー〟じゃないんだな？　ったく、今回は出現場所もズレるし、変なヤツもいるし、バグでも起こってるのか。……いいか、やつらは、クエスト中は見境なく人を襲う。今はこれ以上説明してる余裕がないし、する気もない。ただ、これは僕一人の戦いだ」

まんじりと私を見据える男の子の、その背後。

ビルにめり込んだひしゃげたゴンドラの中から、ぬっと顔を出す魚のワンダー。その1匹だけではなかった。

散り散りになった魚たちが再び1ヶ所に集結し始めていた。

群れは渦を巻くように泳ぎ、ぐんぐん回転の速度を上げる。まるで次の攻撃のために力を溜《た》めているみたいに。

「だからおい、お前――舌、噛むなよ」

その一瞬で男の子は覚悟を決めたように頷き、こちらに駆け寄ってくる。

そして問答無用で私の膝と背中に手を回し抱え上げ、

「えっ、ちょっとちょっとちょっとちょ」

そのまま建物の縁めがけて走り始めた。

走る男。

青い空。

飛ぶ魚。

叫ぶ私。

マジで、どうかしてるって。

「ちょっとおおおお——……ッ！」

男の子はそして、虚空めがけて飛び出した。

グッと、ジェットコースターに乗った時みたいに、内臓を浮遊感が襲った。

胃の中身じゃなくて叫び声しか吐かなかった私は、間違いなくもっと褒められていい。

その上、何かが変だった。そう。滞空時間。

飛び上がった体が、一向に落ちていかないのだ。

「飛んでる⁉」

「飛んでない」

返ってきたのは即座の否定。

男の子の黒のケープが、暴風にはためいている。

「跳んだだけだ。これは飛行じゃない。〝カンパネラ〟が作用するのはジャンプ力だけ。これはそういうスキルだ」

凄まじい激突音が聞こえて、私は彼の肩を掴んでその背後を覗《のぞ》き込《こ》んだ。またしても無数の魚群がミサイルのように突っ込んできて、さっきまで私たちが立っていたビルの屋上を蜂の巣に変えてしまっていた。

男の子の足がまたもやビルの縁を蹴った。

速度がさらに上がった。

10メートル近い屋上を4歩で軽く飛び越え、さらに隣の建物へ。

背後で聞こえる轟音。全身に吹き付ける風。私は自分に問いかける。吐きそうか？

泣き叫びたいか？

けどこれこそが、私が心から望んだトンデモない非日常なんじゃないのか……？

「そのスキルも、今ちょうど切れた」

「ってことはつまり……？」

「もう逃げられない」

着地するが早いか、男の子は再び私を屋上に転がすと、何やら空中に人差し指でA4ノートぐらいの長方形を描く。するとそこに、まるでゲームのメニューでも開くように、透明な薄い光の板が出現したのである。

男の子は光るパネルにそっと触れると、スマホを操作するみたいに、指を上下に滑らせた。

「〝カンパネラ〟は在庫切れ。〝トーチカ〟もこの足場じゃ出せない。温存してもしかたないか。役に立ってもらうぞ、ランクS」

男の子はパネルをタップし、告げた。

「来い――〝フェアリ・テイル〟」

まもなく、彼の目線の高さに眩《まばゆ》い光が生じ、その光の一筋一筋が糸のように撚《よ》り合《あ》わさり、1本の槍《やり》が生み出された。

実体化した槍を手に取った男の子は、魚に背を向け建物の縁まで歩き、そこで身を翻した。

同時だった。

まるで筋肉を収縮させるようにぎゅっと縮んだ魚群は、一気に突撃を始める。

ギョロリと動く無数の目玉が捉えているのは、男の子たった一人。

「ねえ、またヤバいのが来るって！　ねえ！」

「大丈夫だ」

男の子は魚群に真っ向から向かい合い、助走をつけた。その鋭い視線を高く上げ、全身をぎゅっと捻り、そして――。

「一撃で潰すから」

槍を放った。

ギィン、と、そんな音がした。人が何かを投げる時には音が出るのだと、私ははじめて知った。

魚群の迫力に負けない、いやそれ以上の勢いで放たれた槍は、先頭の魚の頭へと突き刺さった。

その瞬間。

奔流のように虹色の光が溢れ出したのである。

虹の爆発だった。

頭の中が焼かれそうなほど眩い光に、意識が朦朧《もうろう》とする。

「うっわ。ヤバ」

爆発は、まるで空間ごと抉《えぐ》り取《と》るように魚群全体を呑み込むと、一気に縮んで小さな光の粒になって、消失した。消えた空間に流れ込む空気が、突風となって私のツインテールをコイノボリみたいに宙に遊ばせた。

私は心の中でガッツポーズを決める。

こんなメチャクチャなものを見せられたら、流石のセンセーも、物理教師を廃業するかもしれないな……。

いかにもゲームっぽいメニュー画面と、どこからともなく取り出される武器《アイテム》、それからぶっ放される謎の必殺技。言いたいことは山ほどある。全てのことがメチャクチャで、トンデモなくて、胸焼けがしそうだ。

それでも、一つだけわかったことがある。

私は出会うべき人に出会える日を、ずっと待っていた。

今日がその日だ。

5

背中を反らせると、背骨が一丁前にパキパキと鳴った。

チャイムが鳴るのと同時に、いっせいに席を立つクラスメイトたち。私は机の隅へと視線を下ろす。そこには百均で買った透明な工具箱が置かれている。

その箱が、がたり、がたり、とひとりでに動いた。

授業中に捕獲したウミヘビのワンダーが中に入っていて、無慈悲なプラスチックの檻《おり》から出ようと必死にもがいているのだった。

「相変わらずワンダーをいじめてるようだね、スットンキョウくん」

声に、私は顔を上げた。

そこにいたのは、2本の三つ編みおさげを尻尾のように揺らした女の子だった。丈長めのチェックスカートに、校章の刺繍《ししゅう》されたカーディガンを羽織り、黒縁の眼鏡をかけている。私服高校のくせに、わざわざ制服みたいな服装をしている変わり者の彼女の手には、これまたなぜか、神社の手水《ちょうず》に置かれているような木製の柄杓《ひしゃく》が握られている。

委員長だった。

「スットンキョウくん、あんまり触らない方がいいよ。毒があるかもしれないしさ」

彼女はなぜか私を変なあだ名で呼ぶ。

「毒があるかもしれないから箱に入れたんだよ――って痛っ！」

委員長は有無を言わさず柄杓を振り下ろし、私の頭をコツンと叩いた。

ちゃんと底ではなく、硬い角をぶつけに来ている。

「狭い、辛《つら》い、人間怖い〜っていうワンダーの声、聞こえない？」

委員長が工具箱を開いた。私のタイクツしのぎの犠牲になっていたウミヘビは、監獄生活がよほど苦しかったらしい。

勢いよく飛び立ち、窓から一目散に逃げ去った。

「聞こえるわけないじゃん。ワンダーは喋《しゃべ》んないんだし。それとも何？　神社の娘だとワンダーの声が聞こえるようになるわけ？」

「ワンダーの声は聞こえないけど、不良生徒を柄杓で叩く権利はもらえるよ」

「そんな職権濫用聞いたことないわ」

家から持ち出してきたらしい古びた柄杓を振るいながら、委員長がにししと笑う。

「まあ、とにかくワンダーで遊ばないであげてよ。こいつらもこいつらで、色々頑張ってるんだから」

その論理はよくわからないが、流石に原理不明のイキモノだとしても、ちょっとやりすぎだったかもしれない。

でも、と私は心の中で湿った言い訳を並べ立てる。

あの日――。

私の人生に、確かにトンデモない非日常が舞い込んだ。それは間違いなく、手の届くところで起こっていた。

あと一歩踏み出せていたら、摑み取れたかもしれなかった。

のに。

あの時、男の子の放った虹の槍によって、魚群は跡形もなく消え去った。あとに残ったのは破壊された街並みと、変わらず屹立《きつりつ》する斜塔と、私一人だけ。私が光に目をくらませている間に、男の子は姿を消していた。

帰るしかなかった。

駅へ向かう間に、いつの間にか人通りが戻っていて、私は無事家に帰り着くことができた。

無事でよかったね、私。

命あってのものだねだね、私。

ハッピーエンドだね、私。

翌朝ニュースをつけた。生放送だった。スーツで固めた女性リポーターがハローズの屋上遊園地を平然と歩いているのを見て、私は盛大に牛乳をぶちまけた。

学校に来ても、空飛ぶ魚に襲われたとか、観覧車が倒壊したとか、そういう噂は一切耳にしない。何もかもが幻だったみたいに、日常が再開されていた。

だけど。

私は頭の後ろに手を回して、腫れて熱を持った部分をさすってやる。

いまでも少しだけ痛む後頭部の傷だけは、あの出来事が幻じゃなかったと証言している。

すると委員長は、私の席から四つ離れた席を、柄杓で指した。

「暇そうにしている君に、はい」

その机の中には、具材を挟みすぎたサンドイッチみたいに、紙の束が詰め込まれている。

首を傾げる私に、委員長が説明する。

「そこの席に座っていた、いや座るはずだった出席番号11番の子、覚えてる？　カラスって名前なんだけど。見ての通り始業式以来、1回も学校に来てないんだよね」

もうすぐ、桜の花が散って2週間になる。

年度の始めは特に配られるプリントが多いし、進路選択とかに関わる大事なものもある。それを一度も取りに来ていないだなんて。

なかなかパンクな生き方をしている生徒もいたもんだ。

「ちょっと届けてきてよ」

あっけらかんと委員長が言った。

「はぁ？　なんで私が」

「僕はこの後ちょっと重要な会議に出なくちゃいけなくてね。届けてくれるかみんなに訊いて回ってて、ちょうどいいところにいたから。実際暇そうじゃん」

いや、暇なのは暇だけどさ。

自分の価値を見くびられているような気がして、私は食い下がった。

「だいたいそのカラスってやつ、私、見たことすらないんですけど」

「こういう顔」

委員長はスマホをスワイプして適当な写真を探し当てると、私の眼前に突きつけた。

私は画面に釘付《くぎづ》けになった。

「嘘《うそ》」

そこに写っていたのは、真っ白でくたくたな生地の服を着た少年の仏頂面。あの時は確か黒いケープのようなものを羽織っていて、だいぶ雰囲気も違っているが、同じ顔だった。

落ち着いた顔つきと優しげなまなじり。

それと対照的な、どこか暗さのある面影。

「この男の子だ！」

カラス。

それが虹の槍で魚群を穿《うが》ち、細い四肢で空を飛んでみせた男の子の名。

「どういうことだい。知り合いなのかい……？」

訝《いぶか》しげな顔を向ける委員長へ、私はあたふたと両手を振ってみせる。

「いやっ、知り合いっていうか。知り合いではない、けど……」

お姫様抱っこされて、空を飛んで、虹色の爆発を一緒に見た。

とは、流石に言えないよなぁ。

「……けど？」

探るような目で見る委員長に、私ははっきりと言葉を返した。

「行くよ。行かせて」

「いい返事だ、スットンキョウくん」

待ってましたと言わんばかりに委員長が足元から広いマチのある紙バッグを取り、

両手でぐわっと押し広げる。詰め込まれていくおびただしい数のプリントたち。気づくと委員長は両手を合わせ頭を深く下げている。

さてはこの委員長、最初から暇そうな私に狙いを定めてたな……？

睨《にら》む私に、てへぺろと舌を出す周到ぶり。

でも許す。

この役目を振ってくれたのだから、なんだっていい。

私はパンパンになった紙バッグを持ち上げて、扉へと歩き出す。

どうやらツキはまだこの手にあるらしい。

別れ際に、とってつけたように委員長が言った。

「今日のワンダー予報は、晴れのち魚。いつもより気性が荒いみたい。くれぐれも、空に気をつけてね」

6

列車がトンネルを抜けて街並みが開けると、私は声を漏らした。

「魚だ」

遠目に見えたのは、空を泳ぐ魚のワンダー。

ずんぐりとした首に、図体《ずうたい》に見合う大きな花柄のマントのようなものを纏い、裾を風にはためかせている。そして……実は人を襲うことが確認された、かくれ凶暴生物。

窓ガラス越しにちょっと身構えてみる。

けれど、遠目に見ている分には襲ってくるってこともないらしい。

やっぱり《クエスト》なるものが関係しているのか。

列車を降りてしばらく歩き、たどり着いたのは、駅から10分ほど歩いたところにある高級住宅街――ウチュウ団地だ。なんでもこの土地は、国の宇宙計画のために使われる予定だったらしい。計画が頓挫して仕方なく誘致したのは、摩天楼ひしめく高層マンション群だったというわけだ。

「地図的にはこの辺なんだけどなあ」

話によるとカラスという男の子は一人暮らしだそうだ。委員長のメモに記されていた住所は、ツインタワー天島《あまじま》1009。

いっかいの高校生がウチュウ団地に一人暮らしとは、いいご身分だ。

委員長の手描きの地図を広げて、現在位置を確認する。

あそこにコンビニがあって、こっちに公園があるから――。

30階建てぐらいのビルがひしめき合う中で、視線は自《おの》ずと、最も高いその建物に吸い寄せられた。2棟の高いビルが根元で繋がったような構造。これでツインタワーという名前じゃなかったら嘘だ。

高級感のあるエントランスを目の前にして、外扉の脇に設置してあるインターホンで部屋番号を押した。

返事がなかった。もう1回。やはり返事がない。

私はカメラをまんじりと眺めながら、軽快な声でプレゼンした。

「こんちは！　あなたのクラスメイトのテラです！　早速ですがこれ何かわかります？　そう、プリントの山！」

手まで振ってみたりもする。

けれどやっぱり反応がなかった。

「はぁ」

こうなるような気はしていたのだ、実際に直面するとかなりだるい。けれど委員長は、この時間帯ならいるはずだと言っていた。手元の紙バッグを見る。大量のプリントを持ち帰るなんてのは、絶対にごめんだ。

私はため息を呑み込んで、低木の植え込みに身を隠す。

一体何が悲しくて花の女子高生が、平日昼間からこんなストーカーじみたことをせねばならんのか。

愚痴をぶつくさ呟きながら待つこと10分。通りかかったのはエコバッグを提げた若い女性。サングラスをかけ、耳にはイヤホン。でかした。小さくガッツポーズを決め、しのび足で近づく。

外扉が開くのを見計らい、カルガモ走法で潜《くぐ》り抜《ぬ》けた。まんまと不法侵入を果たし、滑り込んだエレベーター。私以外には誰もいない。ひとまず10階のボタンを押す。重力を感じ始める体。そこで私は、ちょっと待てよと自問する。

一体どういう顔をして会えばいいんだ……？

相手は私の顔を覚えているだろうか。大体、あんなトンデモないことがあったのに、なんの説明もなしに消えるようなヤツだ。

口封じに殺すとか言われたらどうしよう。

けれどそれらは、たった10階分の上昇時間で答えを出せるほど、簡単な問いではなかった。

私は右手にぶら下げたでかい紙バッグへと目を落とす。

まずは正攻法でこれを口実に、乗り切るしかない。

そうしてエレベーターが10階に止まる。ポーンと間の抜けた音を発し、開く扉。

「あっ」

「あっ」

と、声を上げてから、一拍。

少なくとも、お互いの歯並びを確認するぐらいの時間があった。私のにぶい頭がようやく、この人じゃん、という認識を持ち、

「あの、この前はありがと――」

そう、口に出すのと同時だった。

その黒ケープの少年――カラスは、一目散に走り出していた。

「ちょ……！」

虚空へと放たれる私の問い。

凄まじい速度で遠ざかる背中。

経験値をたくさん持っている系のモンスター並みの足の速さだ。

「なんで逃げるの⁉」

紙バッグを胸に抱えて私も走り出す。

　外階段へと消えたカラスの背中を追い、コーナーを曲がった。

「なんで追ってくるんだ！」

　忙《せわ》しなく足音を響かせながらも、律儀に返ってくる言葉。声の感じからして、2階分くらい下だ。

　4段飛ばしで下りるけれど、紙バッグの空気抵抗のせいで速度が出ない。

「なんでって、色々訊きたいことあるから！」

　ミスった！

　私にはプリントを届けるという大義名分があるんだった！

　足音は依然2階分の開きがある。こっちが3階だから、彼はもうじき地面を踏むだろう。

　私は意を決して、手すりに足をかける。

　そして柵を飛び越えた。

　3階からの落下。芝生に着地するのと同時に受け身をとって路上へと転がり出る。

　次に目が合ったのは、青ざめた顔をしたカラスだった。

「フィジカル化けもんかよ……」

　そうボソリと呟くと、カラスは観念したように芝生の上に座り込んだ。

やはり見るからに痩せていて、運動が得意というふうには見えない。階段を駆け下りるぐらいの運動で、真っ当に息が切れているぐらいの、普通の男の子だ。

「なんで逃げたの」

「……」

私が顔を寄せると、カラスは露骨に困惑したように上体を反らす。

そんなそっけない態度に屈さずにまじまじと見つめていると、伏し目がちに彼は答えた。

「……人見知りなんだ。悪いか」

その答えを聞いて、私は一瞬、どう返せばいいかわからなかった。

とりあえず、陽キャでごめん、とでも答えておく。

そして私は改めて今下りてきた階段を眺めた。

30階建てマンションの10階なので、だいぶ低く感じるが、駆け下りるとやっぱりだいぶ時間がかかった。あの時の彼ならこんな距離、ひとっ飛びできてしまいそうなものだが……。

「なんかあの『すごい力』使って逃げればよかったじゃん」

「スキルのことか？　あれはクエスト中じゃないと使えない」

出た、クエスト。

『ここテストに出ます』レベルの注目ワード。

「その、クエストって何なわけ」

カラスはじっと私を見上げると、ため息まじりに言う。

「陽キャってのは、二度会っただけの人間に一方的にずけずけ質問できるような精神構造なのか」

嫌みな言い方だったが、彼の言う通りだった。

私は小さくごめんと呟いた。

立ち上がってケープについた草くずを払うと、カラスはゆっくりと視線をもたげ、

「クエストは、フルでスタミナを貯《た》めてれば一日3回挑戦できる。ターゲットのワンダーを倒せば勝ちの、現実で行うゲーム――」

そう言って、ツインタワー天島とは逆方向の空を指す。

あっと、私は息を呑む。

浮く『画面』。

そうとしか言いようがなかった。

質感としては……あの時彼が手元に出現させていた、光の板に似ていた。ただし、

でかい。

めちゃめちゃでかい。

あまりに大きいのでごく近くにあるようにも感じるけれど、雲より高い位置にあるので、多分高度数千、いやもしかすると数万メートルなのかもしれない。まるで地球の大気の内側に貼り付けた、巨大スクリーンのようでもある。

画面にはＳＴＡＧＥ　ＣＬＥＡＲの文字が出ていた。

明らかに、自然現象じゃない。

文字が切り替わった。

１Ｐ：カラス
レベル：55
ステージ進行度：１／２
撃破数：??? sky swimmer 19体
使用スキル：Ｂランク／マザーグース 2回　Ａランク／トーチカ 3回
ＣＯＭＢＯ：22
スコア：００９９３９２１

「なに、あれ……」

「リザルト」

カラスがボソリと呟いた。

「さっきまでクエストをやっていたんだ。その結果発表みたいなものだ」

星の瞬くようなエフェクトとともに達成度Aという文字が出て、《リザルト》は空中で紙を折り畳むように音もなく消えた。

リザルトの消滅を確認すると、カラスは手元に例の光の板を出現させ、何事もなかったかのように私の横を通り過ぎようとする。

「待ってよ。どこ行くの」

歩き出したカラスの背に問いを投げる。

「次のクエストの発生地点。今日はまだあと1戦残ってる」

「勝つとどうなるの」

「スキルかアイテムがドロップする。それと、クエストのレベルも上がる」

「じゃあ、倒せなかったら……？」

「さあな」

カラスはかぶりを振ると、呆《あき》れたようにこっちを一瞥《いちべつ》し、自信満々に言った。

「倒せなかったことなんて、僕にはないからな」


ウチュウ団地を出たカラスは、振り向きもせずに歩いていく。でも追いつけない速度じゃなかった。どうやら地上での体力は常人並みらしい。

「で、結局お前の用件はなんだったたんだ」

いやいやいや、という顔をしながら、私は紙バッグをカラスの眼前へと突き出す。

「わっ。何だこれ」

「あなたのプリント」

「なんでわざわざそんなの持って歩いてるんだ？　玄関にでも置いてくればよかったのに」

「あなたが突然逃げたからでしょ⁉」

ごめん、とそっけなく返したカラスは、こう続ける。

「とにかく、僕についてくるな。また前みたいにクエストに巻き込まれるぞ。ろくにスキルも持っていないやつが戦っていいレベル帯じゃない」

実際に、その通りなのだろう。

私が見たのは、クエストの一側面でしかないのかもしれないが、全長1メートルの魚が、建物が抉れるような勢いで、空から襲ってくる。難易度が高いとか以前に、普通に死ぬし、何ならカラスがいなきゃ私は観覧車と一緒にビルのシミになっていた。

でも現に、彼は打ち勝ってみせた。

虹の槍を使って。

「インターバルの今のうちに、さっさとどっかに行ってくれよ」

「私、テラ。出席番号15番。よろしくねカラスくん」

カラスは立ち止まり、振り返ると、眉をひそめて言った。

「おい。なんで当然の流れみたいに自己紹介を始めるんだ。本当に危ないから、ついてこないで欲しいんだって」

「ヤダ」

即答した。

カラスがこっちを見つめてポカンと口を開ける。

「はぁ……？」

「ヤダって言ったの。こんな面白そうなこと見逃すわけないじゃん。それに私には他にも、訊かなくちゃいけないことがあるんだよ、出席番号11番くん」

「その呼び方は、やめろ」

カラスのまなじりが、きつく引き絞られる。

私は、プリントがこれでもかというほど詰め込まれた、カラスの席のことを思い出した。机は悪意のある落書きもなく、新品同然に綺麗《きれい》だった。それに学校にいても、委員長以外の口からカラスの名を耳にしたことすらない。

つまり――周囲から嫌がらせを受けていたという感じじゃない。

「学校に1回も来なかったのは、どうして？」

「クエストを見てビビらないお前なら、訊かなくてもわかるはずだ」

カラスが空を見た。視線の先には2・5度傾いた建設途中の塔があった。

社会の歪《ゆが》みを一手に担うかのような、あの不貞腐《ふてくさ》れた佇《たたず》まい。

「タイクツだからさ。大人たちの都合のいい目盛りを教えるだけの、あの場所が」

私がもし《間違い》のない生徒だったら、きっと首を横に振っていた。

だからこそ、妙な安心感があった。

だってそれはつまり、私がこの人と出会ったのは《間違い》じゃなかったっていう証明みたいなものだから。

「何ニヤニヤしてんだ」

「なんか、友達になれそうだなと思って」

カラスはふいと顔を逸《そ》らし、歩みを再開する。

彼の手元にはずっと、光の板が追従していた。曰《いわ》く、なんの捻りもなく《メニュー》と呼ぶその光の板は、クエスト外でも展開できるようだった。

彼が進めばメニューも進み、彼が止まればメニューも移動をやめる。

メニューには地図が表示されている。移動するにつれて表示が切り替わるハイテクぶり。委員長手描きの地図を見ていた自分が惨めになってくる。

歩くこと15分。

現れたのは街の名物とも言えるランドマーク、《ツギハギ鳥居《とりい》》である。

伝統的な木造建築と、ガチャガチャとした機械部品が綯《な》い交《ま》ぜになって造られた、フシギな佇まいの鳥居の奥には、華やぐ商店街《マンホール通り》が延びている。

そのはずだった。

けれど威勢の良い呼び込み声はおろか、談笑の一つさえ聞こえてこない。

私はハッとして辺りを見回した。

「え、なにこれ。どーゆうこと……？　人が、全然いない」

「クエスト中だからな。人払いがされているんだ」

どうやら、クエストというものは、少なくとも街単位で人に影響を与えるものらしい。

そうか、だからあの時ハローズから人が消えていたのか。

でも、だとするなら、消えた人はどこに行くんだろう。

そしてもう一つ疑問がある。

私はなぜ、消えなかったんだろう。

「なんでまだいるんだ。ついてくるなって言ったろ」

「私、諦めが悪いの」

胸を張って言い返すと、カラスは深いため息をつく。そして同時に、冷たい視線が注がれる。

多分、本当にヤバくなっても次は助けないぞ、という意味だ。

そんなの、望むところなんだよ。

ツギハギ鳥居をくぐると世界が一変し——なんてことはなかった。

けれどマンホール通りには不思議な趣と、静けさがある。

呉服屋と和菓子屋の間に挟まれた和食料理店の前で、カラスが立ち止まった。

流木を切り出したみたいな看板に《あやか志《し》》と書かれた料理店。くすんだガラスケースの中には、魚料理の食品サンプルが並んでいる。

そんな店の、すりガラスを嵌《は》め込《こ》んだ木製扉に、何か、光る紋様のようなものが浮き出ていた。

「クエスト発生地点を示す紋章だ。どうやらここらしいな」

不意に、甲高い音が耳に入る。

鳥類の鳴き声のようなそれは、頭上から降ってきていた。視線を上げ、雲の切れ目を睨んだ。

そこには1羽の巨大な鳥が赤い翼を広げ、悠然と翔《と》んでいた。

「クエストを告げる怪鳥――《不思議鳥《フシギドリ》》だ。やつめ……、今日も高みの見物をしに来たな」

「あれもワンダーなの？」

「さあな。だがやつは襲ってこない。傍観してるだけだ」

不思議鳥が飛び去った後、空にはついさっき見たのと同じ画面が、まるでモニターの電源を入れたみたいに浮かび上がった。

ステージ2／2開放。

レベルアップします。

柏手《かしわで》を打つような、甲高い音が響いた。

十字路になっているやや開けた地点。マンホール通りに交わる道路には通行禁止の看板が見え、歩行者天国になった十字路には、居酒屋の野外席だろうか、六人掛けくらいの木製のテーブルが置かれている。

そのテーブルの真上、およそ3メートルぐらいの空中。

浮かんでいた。

1匹の、マントを纏った魚が。

「え、なんで……？　どうなってんの、さっきはあんなやついなかったじゃん」

「生成《スポーン》したんだ。このクエストのために、呼び寄せられた」

「ってかさ、なんかデカくない……？」

前に私が見たタイプはせいぜい全長1、2メートルといったところだった。

けれど、目の前の個体は、その10倍近くの大きさがあった。

魚が、宙で身悶《みもだ》えをした。

その仕草によって、纏っていたマントが脱げ、テーブルの上にひらりと落ちた。巨大な布は旗のようなスケールで、テーブルをすっぽりと覆ってしまう。

元々、布の花柄が、どこかで見たような気がすると思っていた。でも、テーブルの上に覆《おお》い被《かぶ》さったことでやっと、ようやく既視感が解消された。

花柄の布はマントじゃない。

あれはテーブルクロスだ。

魚が、全貌を露《あら》わにする。

腹側の、ぎらつく銀色の皮目。それとは対照的に、頭から尾ビレにかけて背中を這《は》うように通っている青い筋。

「ねえ、あれってもしかしてただの魚のワンダーじゃなくて」

心なしか、生臭い匂いが漂ってきさえする。

あれは、やっぱりそうだ。

アジなのか、サバなのか、正確にはわからないけれど。

「青魚……？」

隣を見ると、いつの間にかカラスが膝から崩れ落ちていた。口を押さえ、背中を丸くして。

涙目の彼は、絞り出すように告げる。

「……気持ち悪い」

7

私たちは逃げていた。

持てる力全部を使っての爆走。立ち止まったらそこでゲームオーバー。考えるまでもない。だって私たちの背後からは――。

オオオオオオッ！

街灯をへし折り、休憩用の花壇付きベンチを吹っ飛ばしながら、魚、いや青魚のワンダーが突撃してきていた。

二人分の悲鳴が、無人の商店街にこだまする。

人生でこんなに必死に走ったのはいつ以来だろう。

「ちょ、ちょっと！　アレ！　なんとかしてよアレッ！」

呼吸の合間合間に声を差し挟んで、私は真横を見た。

「無理だ！」

数十分前までの自信が嘘のように、カラスは、げっそりとしながら足だけをかろうじて動かしていた。

「ちょ、さっきまでモンスターとも戦えてたじゃん！」

「青魚は、モンスター、じゃない、宿敵だ……ッ！」

そうぶつ切りの言葉を並べながら、本気で吐きそうな顔をするカラス。

こりゃダメだ。

ようやく鳥居が見えてくる。この地形トラップみたいな一本道から逃れられるのはありがたい。

その時。私の瞳は空に浮かぶくだんの大画面を捉える。5：20という数字がちょうど5：19へと変化した。

つまりこの〝クエスト〟には、〝制限時間〟があるってことだ。

鳥居を抜けた。ヤバかった。すでに、結構息が切れている。

けどまだギリギリ動けた。

それはカラスも同じみたいだった。そこに幸運が重なる。青魚のワンダーは、これまでの魚のワンダーよりもはるかに体が大きい。全長は15メートルを優に超える。その図体のせいで分厚いヒレが、鳥居の控え柱に引っかかったのだ。

「カラス！」

私の声に、青白い顔のカラスが振り返る。

「ねえ！　今チャンスっぽいよ！」

カラスは虚空に四角形を描いた。呼び出しに応じ、現れるメニュー。彼の指先は、そしてメニューをスクロールする。

けれど――指が、止まる。

カラスの視線が、青魚の、あの、どろっとした視線と交差する。

直後。

彼は口を押さえ、背中を曲げてえずいた。

レベル55――いや、今はレベルアップしたから56なのか――とにかくそれが、どれほどの難易度なのか私にはわからない。けれど多分この瞬間が、クエスト中に用意された最初で最後のチャンスだった。

青魚がニュルリと体を捩《よじ》らせ、鳥居を抜け出す。

「危ない――っ！」

私はとっさに走り、カラスの体に体当たりをした。そうでもしなければ彼は今頃、モンスターの胃袋の中だったろう。

倒れた私たちの頭上スレスレを通過した青魚はものすごい勢いで高度を上げ、上空に君臨した。

尻餅をついて、ぼうっと空を見上げるカラス。

そのまま5分と少しが過ぎ、空の画面の数字は00：00を迎えた。

リザルトはしばらくの間現れなかった。制限時間が終了しても、クエスト自体はまだ続いているらしい。車通りの一向に戻らない車道に力無く寝転がり、カラスは空に浮かぶホワイトアウトした画面を見つめていた。

「超能力みたいにビルを飛び移って、でっかいモンスターと戦って、そんなスゴいことまでしてるのに」

あまりに長い無音が毒だったから、私はそう言って沈黙を埋めた。

「青魚、苦手なんだね」

「悪いかよ」

たとえば雨上がりの日、教室に迷い込んだ1匹のカエルが、私の額に飛び跳ねてきたとして、私は逃げ惑うだろうか。たとえば発表会か何かで、先生に指名され、大勢の前で意見を言うことを求められたとして、私はたじろぐだろうか。人が何を怖がっているかなんてわかるはずがないのに、自分基準で考えていた。

私は、想像しなかったんじゃない。想像できなかっただけだ。

何が、人の心につっかえているものなのか。

「あのさ、カラス」

私のせいだ。

私が乱入したから。

そう告げようとした時。

「お前は確かに邪魔だった。でもそれを差し引いても、僕はあの局面で決定打を撃てなかった」

カラスは先回りするように、私に告げた。

「間違えたのは、僕だ」

1P：カラス

レベル：56

撃破数：*blue blacked sky swimmer* 0

上空の大型スクリーンに公開されたＳＴＡＧＥ　ＦＡＩＬＥＤの文字によってリザルトは結ばれる。

心臓がズキリとした。まるで答案用紙に特大のバツをつけられたような感じ。あるいは頑張って描いた絵に人格否定並みのダメ出しを喰《く》らったみたいな。それが空を覆うほどデカデカとした画面に表示されているなら、尚更《なおさら》だ。

リザルトが切り替わり、30、という数字が表示される。

29、28、27――。

数字は容赦なくカウントダウンを始める。

カラスの胸の上、20センチぐらいに浮かんでいるメニューは、コンティニューしますか？　という問いかけを表示している。

クエストが問うていることは明らかだった。

「カラス、訊かれてるよ。どうするの。続けるの？」

数字が、20を切った。

「もういい」

「え」

「だから、もういいんだ。ここでやめる。いい機会だ」

本当はやめたくないのに、やめたいって言う。本心じゃないことを言って、憂さ晴らしをする。彼には、そういう子供っぽいところもあるんだな、と、そんなことを思いながら、俯《うつむ》き気味《ぎみ》の彼の顔を覗き込む。

でも、そこに当てつけの感情はない。

あるのは鈍く沈む諦めだけ。

「ちょっと待ってよ。これまであなたはずっと勝ってきたんだよね」

1年半前からな、と、カラスが答える。

「い、1年半……？」

思わず声が漏れる。

1年半と言ったら、高校生活の半分に相当する時間じゃないか。高校生の私たちにとっては、人生の10分の1とも言える時間だ。

「あなた、1年半もこんなヤバいゲームに挑み続けてきたっていうの……？」

知らない。

彼の過去。どういう仕組みで、このゲームが成り立っているのか。どうしてこのゲームが始まったのか。その、何もかもを。

でも、私にはわかる。どうしてだかわかる。

レベル56ってことは、大抵の場合、レベル99まであるはずだ。

つまりここはまだ道半ば。

今日が、ゴールのはずがないんだ。

「それを、1回の失敗で投げ出すっていうの？」

「……」

数字が、10を切る。

生まれた瞬間から、私の人生には何かが欠けていた。

だからずっとタイクツだった。

あなたはそんな私の前に、トンデモないゲームを引き連れて現れた。ズルいよね。

心から深く知りたいと思う誰かが、めまいのする非日常を引き連れてくるだなんて。

そんなの——もう、普通の女の子ではいられない。

立ち上がり、カラスに近づいて、私はメニューを引っ摑んだ。

唖然《あぜん》としてこちらを見上げるカラスへ、私は言ってのける。

「次失敗したら死ぬとか？　もしかしたら私、トンデモないことをしようとしてるのかもしれない。でもさ、安心して。今一つ確かにわかったことがあるんだ。その仮説を今から証明するよ」

クエストが出現すると、どういうわけか周囲の人々が消える。けれどあの時、ハローズにいた他の人たちと違って、私は消えなかった。

それって、つまり。

彼の手が私の腕を摑むより先に、私はコンティニューのボタンに触れた。触れたら指先に圧を感じた。平面のメニューは押し込むことができた。

「おまっ、何勝手に！」

一拍遅れて響くカラスの叫び声。

ドヤ顔で私は、高らかに言った。

「ほらね！　このコンティニューは私でも押せた！　私だって――」

「だから、なんだって――」

上空に浮かぶ画面は、青白い光でもって、プレイヤーに準備を強いる。クエストが始まる。その挑戦者の名前が、ボゥっと黒い文字で浮かび上がる。

1P：カラス

その、真横。

煌々《こうこう》と光る青い文字で、並ぶ。

2P：テラ

ほらね――私だって、プレイヤーなんだ。

カラスが口をぽかんと開け、スットンキョウな声を上げる。

「嘘だろ。ソロ仕様じゃなかったのか……」

あなたのやることなすこと全部がめちゃくちゃだから、ちょっとくらい驚かせられてよかった。

再び表示されるタイムリミット。

2分30秒。

「プレイヤーが増えたから、時間が減った……？」

「カラス」

呆然《ぼうぜん》としているカラスの袖を引っ張り、視線を無理やり合わせる。

「もう時間がない。今はあいつを倒す方法、考えよう」

少しの間、彼の瞳はためらいに揺れていた。けれどやがて、スイッチを入れたように挑戦者の目に切り替わる。

カラスは深く頷くと、

「このゲームは、〝スキル〟を消費して戦う。そしてこのフィールド《市街地》では、使えるスキルは限られる。移動補助の〝カンパネラ〟は在庫切れだ。今使えるのは、〝クライア〟――攻撃系の刺突スキル」

刺突と言われて思い浮かぶのは、この前彼が放った虹色の槍。

青魚は、斜塔の半分ほどの高度で円を描くように回遊している。なんとかあいつの動きを止めて正確に狙えば、そのスキルで倒せそうだ。

でも、私の提案に先回りするように、カラスが告げる。

「お前の思ってるようにはいかない。〝クライア〟はBランクだ。前に使ったレアスキルの〝フェアリ・テイル〟とは違う。射程が短いんだ」

スキル的にも僕たちはもう詰みなんだよ、と、ボソリと呟く。

この冗長なおしゃべりだけで、もう残り2分を切っている。

「じゃあこれは？」

私はメニューをスクロールして、水色の枠を指さす。

スキルの名は《アンチグラビティーズ》。

残数は21。

「それは魚が使ってるのと同じやつだが、使い勝手が最悪――っておい！」

有無を言わさずに画面を押し込む。

定石とか、勝ち筋とか、そういうのは今はいいんだ。むしろ定石を知らない私だからこそ、きっとできることがある。だって勝ち方を知らないってことは、負け方も知らないってことだから。要するに考えるより動けってことで。

残数表示が一つ減るとすぐに、効果が発動した。

背骨にかかった体重の負荷が消えて、つま先が地面を離れる。

体が、浮き上がる。

「わっ、ちょ、ちょっとこれ――」

ただ浮き上がるだけじゃない。まるで空中へと解き放たれるみたいな、宇宙空間にいるような、そんな感じ。

自分にかかる重力を遮断する。

まさに地に足のつかないスキルだ。

「だから言ったろ。空中で姿勢を制御するにはワンダーの《鰭《ヒレ》》がないと無理なんだ」

カラスが無理やりスキルを中断し、私を地面に引き戻した。

「いける！」

「どの辺がだよ。お前今、空中でジタバタしてただけだろ」

私はかぶりを振った。そして、追って訊ねようとしてくるカラスの右手を、強引に取る。

「カラス、行こうよ」

「どうするつもりだ」

「決まってるでしょ」

私にできる数少ないこと。

それは全力疾走することだ。

「飛・ぶ・の！」

頭の中にあったのは、月面でジャンプする宇宙飛行士。地面を蹴る。そこに、アンチグラビティーズの発動を合わせる。

——狙い通りだった。

「こんなのは出鱈目《でたらめ》だ……！」

体が砲弾のように空へと打ち上がっていく。5メートル——10メートル——30メートル——もっと上がる。

鳥居が食玩みたいな大きさになってもなお、昇り続ける。

手を繋いでなければ、私たちはとっくに別々の方向に飛び去っていた。すでに高度100メートル。怖くないのかって？　カラスと繋いでいる手の汗の量で察してほしい。けど、それは彼も一緒だったみたい。

苦笑いだった。

私も。

カラスも。

「絶対に手を、離すなよ」

打ち上がった体はだんだんと空気抵抗によって速度を落としていき、ちょうど上空200メートル地点で止まった。

ギョロリ。

あのゾッとする視線。

青魚のワンダーが私たちに気づいて動き始める。

ここまで近づくと、その大きさに圧倒される。だけどそれも当たり前か。15メートル強というのは、5階建てのビルを横倒しにした大きさ。

鯨と変わらないスケールの《青魚》が、こちらめがけて突進してくる。

私は空いている方の手でメニューから〝クライア〟を呼び出した。クライア、それは刃渡り1メートルほどの杭《くい》のようないびつな鈍色《にびいろ》の武器を、短射程で放つスキル。

私はそれを思いっきり振りかぶり、真横を通り過ぎる青魚の鱗《うろこ》めがけて槍投げの要領で放った。

杭は5メートルほどまっすぐ飛んでからやや速度を落とし、ガギンと音を立て鱗に弾《はじ》かれてしまう。

「ダメ、手応えがない！」

武器を、ただ素直に投げただけだからダメなのか、もっとスキルらしい発動の仕方が別にあるからなのか……。せめて地に足がついていたなら、まだ踏ん張りが利いたかもしれない。空中に浮かんだまま投げるには、私の腕力ではあまりに心許《こころもと》ない。

「ごめん、私じゃ無理かも」

「だろうな」

〝クライア〟をバトンタッチしたカラスは、大きく弧を描くように泳ぐ青魚へと視線を絞った。

青魚を見つめるカラスの顔色は、依然として青白い。

けれど。

「何が青魚だちくしょう」

カラスは、雄叫《おたけ》びを上げた。

「やってやるさ！」

その威勢に呼応するように、青魚がぐるりとターンをして再度接近を始める。今度はその大きな口をガバッと開け、カラスを丸呑みする気満々で。

距離が詰まる。

30――20――10――。

カラスが攻撃態勢に入った。

だが――接触の直前、ワンダーは体を捩った。鳥居から抜け出したあの時みたいに腹ビレを動かし、ばちんとカラスを体ごと払《はら》い除《の》けたのだ。

「うわッ」

アンチグラビティーズは、あくまで〝重力〟を遮断するスキル。体にかかった〝速度〟は打ち消せない。

カラスと私の体が、ワンダーから離れていく。こうなればもう攻撃チャンスがない。まるで宇宙空間でジタバタもがく宇宙飛行士みたいだった。

確かに一度投げ出されてしまえば、移動する方向は変えられない。だからこそ、ただ浮くだけのアンチグラビティーズは『死にスキル』だった。

ソロプレイならば。

「そうか、そうだよ。だからアンチグラビティーズは複数形なんだ。元から一人用のスキルじゃなかったから……！」

胸元に抱いたメニューをカラスの方に放り、同時に私はカラスの足の裏に、私の足の裏を合わせ、目一杯の脚力で押し返した。

ソロでは詰んでいる。

でも2P《仲間》がいれば。

一度だけ、空中で進む方向を変えることができる。

「最後はあなたが！　カラス、あんなやつ倒してみせてよ！」

カラスの体が青魚に近づく。その逆に私の体は、どんどん遠ざかっていく。

でも、それでいい。

「たかが海産物が、ちょっと生臭いってだけで――」

クライアを刺し、青魚の尾ビレ近くにくらいついたカラス。全身を覆う独特の生臭さ。ギラギラと輝く蒼《あお》い背中。どれも彼にとっては吐き気を催すものだった。

けれど彼は改めて、クライアをメニューから召喚してみせる。

そして――。

「人の人生に立ち塞がるなッ！」

黒衣の少年は、鈍色の杭を巨大魚のどてっ腹へと突き立てた。

8

トんでいた意識が再び灯って感じたのは、全身に受ける突風と薄ら寒さ。次第に耳の奥へと入り込んでくる、ジェット機が真横を飛んでいるかのような轟音。体中の肝という肝がギンギンに冷えていて、喉は焼けるぐらいカラカラで、だけどちょっとだけ心地がいい。

あれ。

私って今までどこで何をしてたんだっけ？

霞がかっていた頭の中が鮮明になるにつれ、今がどういう状況なのかがわかってくる。わかってくるからこそ、グッと唇を嚙み締める。

そして、覚悟して目を開ける。

「はぁ～～～～～～～～⁉」

絶叫。

一面の、ベタ塗りの青。

頭のはるか上にある大地。

あの時、私はカラスを青魚のワンダーに近づけさせるために、彼の体を足の力で押し出した。しかし足でものを押し出すということは、自分にも真反対の力、つまり斥《せき》力《りょく》が働くということだ。だから私の体も、カラスと同じ速度で投げ出されていった。

それから、どれぐらいの時間が経《た》ったかはわからない。

ただ、明らかに意識を失っていた瞬間があって、そして、目を開けると大空だった。

かろうじて働く頭で思考する。考えられるのは、重力を完全に遮断された状態で、上昇気流に吞まれた、ということぐらい。

とにかく、そう。

私は、地上400メートルの天空を、逆さまに落ちていた。

「こんなのって、マジで、ありえない……ッ！」

私の叫び声を聞くことができるのは、雲と鳥だけだった。

「そうだスキルだ！　とにかくスキルをもう1回使わないと！」

アンチグラビティーズを再発動すれば、少なくともこれ以上、重力加速度を受けることはなくなるだろう。でも、現状で体が持っている《速さ》を打ち消すことができるかは、また別問題。

それでも、少なくともスキルを再発動できたなら、まだよかった。

できないのだ。

カラスはスキルを、メニューを通して使っていた。メニューはさっきカラスに投げ渡してしまったから、今はカラスの手にある。

そして私はメニューの呼び出し方を知らない。

アンチグラビティーズの切れた私は、あとはこの高さから落ちるだけ。

本当に死ぬのだ。

なぜ、こんなことになったのかと言われると、それは結局自分の好奇心に導かれただけのことなので、自分のせい以外の何物でもない。

私は選んだ。平凡な日常より、トンデモない非日常を。それは、人生で初めて、何かを積極的に望んだ瞬間かもしれなかった。

だからこれは仕方がない。

なるべくしてなったこと。

私が地面に咲く薔薇《ばら》になったとして、それで、何者かになれるだろうか。ダーウィン賞ぐらいはもらえるだろうか。すごい死に方をした女子高生の友達としてナルコがインタビューとかを受けて、あいつは昔からやる時はやるやつだったんです、とか都合のいい美談を語ってくれるだろうか。

私は、自分の人生に欠けていた何かを、結局手に入れられたんだろうか。

「おい！」

幻聴だと思った。

上空《こんなところ》で、人の声が聞こえるはずがないと。

幻聴じゃなかった。

「手を……伸ばせ！」

彼はそこにいた。

彼もまた落ちていた。

「カラス……!? なんで！」

カラスのケープの左右に、魚のヒレの繊維のようなものが貼り付けられていた。

「青魚のヒレをちぎって持ってきた。くっそ、相変わらず最悪な匂いだな！」

アンチグラビティーズを用いて空中を移動するためには《鰭《ヒレ》》が必要――。ケープに付けただけで使えるようになるのかは正直眉唾だったが、実際にカラスは落ちているというより、凄まじい速度で地表へ向かって進んでいるように見える。

「だけど！」

カラスが叫んだ。

「この流れでお前を助けないなんてこと、あるはずないだろ！」

しかし、二人の距離は依然10メートル近くある。

カラスはまだヒレの使い方を熟知していないのだ。

かたや私は、ただ自由落下しているだけ。

カラスが、焦った声で告げる。

「リザルトが消えるとスキルも消える。それがどういう意味かわかるな!?」

空に浮かぶ画面には、確かにリザルトが出ている。

そして画面の右下に、微《かす》かに見える小さな数字。20、19、18――。減少するそれが、つまりはリザルト終了までの時間であり、そして、二人の人生終了《ゲームオーバー》までのタイムリミットだ。

「なんであなたまで来たの⁉　わざわざ死にに来たようなもんじゃん！」

「そういうのはいい、今はそういうのはいいんだ、テラ！」

カラスが目一杯手を伸ばす。

応じる私は、空中でもがく。

けれどその拍子に視界に否応《いやおう》なく入ってしまった地上の光景。恐ろしい速度で大きくなる灰色の正方形。ビルの屋上までの距離は、想像していたよりもずっと近かった。

胸の内で、パニック感情が湧き出す。

指先はさっきから何度かかすっている。でも、手を取れない。それどころか体が、錐揉《きりも》み状態に入ってしまう。気流によって体が乱回転し、スカイダイビングなどでパラシュートが開けなくなる状態だ。

「早く僕の手を取れ。僕のアンチグラビティーズをお前に付与する、だから！」

地表まであとどれくらいか。

制限時間まであとどれくらいか。

頭の中で数えながら、私は、タイミングを見計らって、腕をちぎれるぐらいに伸ばした。

手を、握り合った。

タイムリミットより数秒早く、ビルの屋上が見えてくる。カラスは私の体を抱いて、貼り付けたヒレの力をフルに使って、なんとか落下軌道を横方向へとずらす。

その最中だった。

リザルトが消失する。

全てのスキルの加護を失った私たちは、そのまま高層ビルのヘリポートへと投げ出された。

ボウリングの球のように転がり、20回近く天地が入れ替わった。コンクリート塀に後頭部をぶつけて、ようやく体は動きを止める。

「……お前は、無茶なやつだな」

ヘリポートの隅に背中をつけ、荒い息を吐くカラスが、息も絶え絶えに言う。

褒め言葉として受け取っとくね、とか言おうとしたが、声が出なかった。

仕方なく私は、無言でグーサインを掲げた。

9

どうせ待たされるんだろうな、とか心構えをして、待ち合わせ場所に行くと、そこにはすでにカラスがいて、じっとりとした目でこっちを見下ろしていた。階段の踊り場で手すりに背中をもたれさせ、缶ジュース片手に相変わらずのむすっと顔である。

「待たせた？」

「別に」

嘘つけ。

《なんで僕が待ち合わせ前に来てるのにお前は時間通りなんだよ》っていう顔、してるじゃん。

言い訳をさせてもらうと、私もかなり早く家を出たのだ。時間ギリギリになったのは、待ち合わせ場所のせいもある。いや絶対そうだ。駅ビルの陰に隠れたこれといった目印のない路地。自動販売機が2台あるだけでベンチもない。連絡先さえ交換しないまま、交わしたのは口約束だけ。

逆に、たどり着けたことを褒めてほしいぐらいなんですけど。

「人通りの多いところで待ち合わせるのが嫌なんだよ」

訊いてもいないのにカラスが答え、ジュースの缶をゴミ箱に放った。私たちは微妙な雰囲気で歩き始めた。

路地からマンホール通りまではすぐだった。

ツギハギ鳥居の前に立った私は、しばしその光景に目を見張る。

「ほんとだ。全然傷がない」

青魚のワンダーに体当たりされてボロボロになったはずの鳥居が、元通りに完全復元されていた。

だから言ったろ、という視線を向けてくるカラス。

なるほど。全然納得はできないが、こういう性質があったから、屋上遊園地の時も何も騒がれなかったのか。私は空を見上げた。そこに『画面』の形跡はない。車道にはいかにも平日午後といったふうな車通りが戻り、ツギハギ鳥居は何事もなかったかのように、通りかかったカップルとか親子連れを呑み込んでいく。

ここにあるのは、至って普通の日常だった。

けれど——私は胸元へと視線を落とした。

いつものジャケットの胸元には、星形のブローチがつけられている。その、黄金色の輝きを目にすると、今でも思い出す。

あの時。高層ビルの屋上に不時着した私たちの前に、光り輝く宝箱が出現した。

クエストの報酬で、アイテムがドロップしたのだった。

宝箱を開けると、この星形のブローチが入っていた。こんな追加効果もなにもないアイテム、誰がつけんだよ、とか言ってカラスが権利を放棄したので、私が喜んで受け取ることになった。

クエスト外でスキルは使えないが、アイテムは持ち出すことができる。

私が最初にクエストをクリアした証《あかし》。それに、カラスのつけている三日月の首飾りと似たアイテムなので、それがちょっとだけ嬉《うれ》しかったりもした。

クエストとワンダー、それにアイテムとスキル。訊きたいことはたくさんあるが、今日のところは一旦呑み込もう。

「それで、連れてきたい場所ってどこなんだ」

まさかクエストの現場検証か、と身も蓋もないことを言うカラス。

私は黙ってツギハギ鳥居をくぐり、マンホール通りへと足を踏み入れる。

カラスの足取りはかなりマイペースだった。私より電柱２本分ぐらい簡単に遅れるし、そうかと思うと急に競歩のように早足になったりもする。

彼の歩くスピードに合わせ、ついでに顔を覗き込んで囁《ささや》く。

「僕は忙しいんだよ～、って顔してる。学校も来てないのに」

「色々あるんだよ、こっちも」

悪態をつくくせに、待ち合わせには遅れず来てくれる男の子。

彼のことが少しわかってきた気がする。

それほど歩かないうちに、私たちは足を止める。呉服屋と和菓子屋の間だった。

料理店《あやか志》。

魚料理の食品サンプルが飾られたくすんだガラスケースを見下ろしていると、状況を察したカラスがげっそりとした顔をする。

問答無用で彼の手を引いて、中に入る。

少し油染みた床。乱雑に週刊誌が突っ込まれた木製ラック。それと、神棚の横からローカルニュースを垂れ流し続けているブラウン管のテレビ。

座敷とテーブル席が半々の店内は、７割くらいがスーツ姿の大人と学生で埋まっていた。

四人掛けの窓際に私が座っても、しばらくカラスが座る場所を決めかねていたので、向かいの席を指さしてやった。

カラスはそれで、おとなしく席に着いた。

「もしかして、あんまり人とご飯食べたことないの？」

「……帰るぞ」

ごめんごめん、ちょっと今のは意地悪だった。

席に着いても、特に料理一覧《メニュー》を見る必要はなかった。私たちが注文する料理は決まっていた。オーダーを告げてから5分ぐらいで、湯気の立つお膳が私たちの前に置かれる。

「ぐっ……」

放たれる小さな呻《うめ》き声《ごえ》。

カラスの眉がぎゅっと寄る。

鯖《さば》の味噌煮《みそに》だった。それでもまだ、はらわたまで食べることを美徳とされがちな秋《さ》刀《ん》魚《ま》にしなかったのは、情状酌量と言える。

カラスは、湯気の立つ魚としばし睨み合う。

「逃げてもいいんだよ」

そう囁くと、煽《あお》るなら連れてくるなよ、とカラスはムッとしながら返した。

けれど彼は、やがて腹を決めたらしい。

「魚のワンダーはレベル23から登場した。僕はクエストでは一応、何度もこいつを倒してきてるんだ」

そう小さく言葉を結び、箸で崩した身を口へと運ぶ。

無言のまま、咀嚼《そしゃく》する。

「うっ、やっぱこれ最悪…………」

眉間に寄せていた皺《しわ》を和らげ、弱々しい声で呟いた。

「……でもない。案外、大丈夫かもしれん」

「でしょ!?」

思わず身を乗り出して叫んだ。

彼のその感想には、それぐらいの価値があった。

「なんでお前が嬉しそうなんだよ」

矢継ぎ早に二口三口と口に運んでいくカラスが、引き気味に訊ねる。

「だって友達が苦手なことを克服したんだよ、嬉しいに決まってるでしょ普通」

本心だった。

でもそう告げてから、少し後悔する。

一気に踏み込みすぎたかもしれない。

案の定、カラスは口をへの字に曲げて答えた。

「悪いな。僕は友達っていうのが何なのか、よくわかんないんだ。でも、」

その時。どこからともなく、あの鳥類の甲高い鳴き声が聞こえて、私たちは店の外に出た。

空にはクエスト開始を告げる赤々とした不思議鳥が舞っていた。

「ひとまずはレベル99までだ。せいぜい足を引っ張ってくれるなよ、２Ｐ」

胸の前にメニューを展開して、カラスが言う。

私は答える。

「望むところだ」

●カンパネラ Campanella
【移動スキル】ランクB
【属性】ポジティブ
【効果】使用者に紙飛行機のような身軽さを与える。しばらくのあいだ跳躍力を強化する。
【SS《スキルストーリー》】紙飛行機を折りました。君に伝えられると思ったから。気球をあつらえました。君に触れられると思ったから。宇宙舟をつくりました。君に会えると思ったから。でも本当は気づいていました。はじめから、そんなものでは届くはずないと。君が行ってしまったのは、そういう場所なのです。

●クライア Cry A

【攻撃スキル】ランクB

【属性】ネガティブ

【効果】刃渡り3尺ばかりの杭を短射程で放つ。投げる動作まで含めてスキルだが、投げ方には少々コツがいる。

【SS】村を襲った奇病。彼女が患ったのは、ヒトのすがたを失う病であった。ひどい熱を持ったその肢体は、少しずつ怪物に変わりゆく。少年がそのひ弱な手に握るものは、もはやヒトの背丈ではない彼女をヒトに繋ぎとめていた、最後の杭。されど祈りは儚《はかな》く、彼の右手に消えない悔いを残す。

幕間《まくあい》

錆びた鉄扉の隙間から細い光の筋が漏れ出ていて、なにか、皆既日食のような感じがあった。

私は扉を肩を使って押し開けた。

すると絶景が目に飛び込んできた。

「うっわ！　すっごい。めっちゃいい眺めじゃん」

目の前に広がる、教室から眺めるのとはひと味違う街の風景に、私は素直にそう感想を漏らした。

私の後ろからぬっと顔を出したカラスが、肩をすくめて言った。

「大げさなやつだな。こんな眺め、高度４０００メートルに比べたら地面と変わらないだろ」

ぐっ、と。胃《い》の腑《ふ》を摑まれるような感覚。

私はカラスを睨んだ。

「それ、マジでトラウマだから思い出させないでくんない⁉」

ニヤリと笑うカラス。

そういう性悪な確信犯には、1発どつきを入れておく。

青魚のワンダーを倒してから1週間が経とうという頃だった。カラスが、よく行く待機地点に案内すると言い出したのだ。休日に連れてこられたのがこの、何の変哲もない普通のマンションの屋上だったというわけだ。

玄関には特にセキュリティもなくて、エレベーターで簡単に昇ることができるその屋上には、投棄されたペアのソファとテーブルがあって、確かに時間を潰すにはもってこいの隠れ家的空間だった。

「クエスト前によく来るんだ。見晴らしがいいから、不思議鳥がどこに出たかすぐにわかるしな」

「でも、ほんといいところだね。ザ・秘密基地って感じ」

革の破れたソファにどしんと腰を下ろすと、カサカサと音を立てて、何やら透明な毛虫のようなイキモノがわっと足元から飛び出して、空に昇っていった。本当にワンダーってやつはどこにでも潜んでいる。

「当たり前だろ。どれだけクエストやってると思ってんだ」

そう。

カラスはクエストという現実で行うゲームのプレイヤーなのだ。

そして、私も先週その２Ｐ《サブプレイヤー》となった。

「1年半だっけ。ほんとすごい執念だよね。私だったら半年で飽きてるわ」

「ラスボスまでは最低でもあと1年はかかると思うぞ。あんなふうに豪語しといて、途中でリタイアしたら笑うからな」

「うわっ。絶対笑われたくない。是が非でもしがみつこ……」

やがて、カラスが空中に指先で四角形を描くと、光の板が現れた。カラスは《メニュー》と呼ばれるその光の板をタップし、

「お前って海鮮とカレーならどっち？」

と、訊ねる。

「カレーかな」

「ふーん」

カラスはメニューの中に手を突っ込むと、何やら道具を引っ張り出してきた。え、メニューってそういうふうにも使えたの……？　唖然とする私を差し置いて、カラス

はどんどん道具をテーブルの上に並べていく。

カラス曰くメニューは、アイテムってことにして入れればなんでも持ち運べるらしい。

便利すぎか？

大集結したのはカセットコンロと、ステンレス鍋、2リットルのミネラルウォーターのペットボトル、それとカップラーメンだった。

海鮮味と、味噌味。

「悪い。カレー切らしてた」

「え～！　私もう完全にカレー腹になってたのに！」

晴天に打ち上がるクレーム。

カセットコンロに鍋を置いて、水を注いで温め始める。

ぐつぐつと沸いていく水を見下ろしながら、私は訊ねてみた。

「ねえ。なんで友達が嫌なの」

《あやか志》で青魚を克服したその日、カラスは「友達っていうのが何なのか、よくわかんない」と言った。けれどそもそも私たちの関係って友達以外の何なの？　とか、正直思わなくもない。

「嫌とは言ってない。ただ、こっちも色々あったんだよ」

沸かしたお湯をカップラーメンに注ぎ、タイマーをセットしながらカラスがそう告げたので、

「はいはい！　もういいです！」

私はさっさと切り上げることにした。こんなことで喧嘩《けんか》してもう会いたくないとか言われたら、たまったもんじゃないしな。

それからしばらく沈黙が続いた。

屋上から眺める街の中心には、相変わらず少し傾いた建設中の塔——斜塔が聳《そび》え立《た》っているけれど、見る方角が違うからだろうか、学校から見るよりも少しだけまっすぐ立っているように見える。

空を飛ぶワンダーの数を数えていたら、ふと、カラスの囁きが耳に入った。

「ありがとな」

聞き間違いかと思って、私はしばし首を傾げていた。

「青魚のワンダーのことだ。お前がいなかったら、僕は倒せてなかった。それに、青魚も一生食えないままだったろうしな」

どうやら聞き間違いではないらしい。私は、俯きがちなカラスの顔をあえて覗き込

むようにして告げる。

「へへ！　もっと褒めていいよ！」

「……もう言わねえ」

そっぽを向くカラス。

ちょうど鳴るタイマー。

「おっ」

「待ってました」

蓋を開けて鼻先に湯気を感じた。ジャンキーで香ばしい匂いが、開放感と相まってたまらなかった。早速麺を啜ろうとして、はたと重大なことに気づく。

私は挙手で申請した。

「はい！　フォーク取って」

「お前カップ麺フォークで食うの……？」

若干引き気味になりながらも、メニューに手を突っ込んでフォークを取ってくれるカラス。不覚にもぐー、と腹が鳴った。カレー腹になっちゃったと思っていたけど、全然大丈夫。フォークを握る頃にはちゃんと味噌腹になっていた。

2話　0点《エンド》じゃないなら◯《おつけー》

1

私たちは、線路の上を走っていた。

追っているのは猛烈な速度で逃げるおもちゃの兵隊。

の、ワンダー。

頭にゼンマイの刺さった兵隊は、自分でそのゼンマイを巻くことによって、すばしっこく動くことができた。体の大きさも小学校低学年の女の子ぐらいで、ろくに攻撃もしてこない兵隊。

ちょろいクエストだなぁ——と、思っていられたのも序盤だけ。

一番街のおもちゃ屋で始まったクエストは、おもちゃの兵隊が小さな体でちょこまかと逃げまくったことにより、長期戦にもつれ込んでいた。

そしてようやく追い込んだのが、この線路だったというわけだ。

「あっ！　あいつ立ち止まった！」

ゼンマイが切れたらしい。

２００メートルくらい前方で、おもちゃの兵隊が足を止める。そしておもむろに頭に刺さったゼンマイに手を伸ばし、キリキリと巻き始める。

そこだけ切り取ると、けなげで愛《いと》おしい仕草である。

「手こずらせやがって。これでぶっ飛ばす」

カラスは走りながらその手に、アイテムを呼び出した。

光と共に出現する金属バット《奇器怪壊《ききかいかい》》――最近手に入れたばかりの、魔除《まよ》けの追加効果を持つ近接武器である。

けれどとっさに、私は叫んだ。

「上！　カラス、うえ――ッ！」

線路の上を走る。

これだけでも、人生がゲームオーバーになりかねないヤバさである。

けれど、それだけじゃなかった。

おもちゃの兵隊には従者がいたのだ。

ビューン！

頭上を駆け抜ける轟音に、カラスも否応なしに視線を上げた。トンデモない速度で飛ぶ黒い影が、青空のはるか彼方《かなた》でターンを決めたかと思えば、再びこちらへと急接近してきたのである。

そして、耳をつんざく射撃音が響き渡った。

おもちゃの兵隊を守る従者は、おもちゃの戦闘機だった。ただし、本当に機銃を撃ってくるタイプの。

最悪なことはまだまだある。

戦闘機が飛び去ると、その直後。鉄の擦れ合う不気味な音が聞こえ始める。そうだった。私たちを攻撃してくるのは戦闘機だけではない。ヒュン、と頭上スレスレを拳大の砲弾が通過し、数十メートル先で、どっかーん、と爆発した。

本当にどっかーん、という感じで、地面に小さなクレーターができたのだ。

私たちの横にも、戦車が並走していた。それは無論おもちゃの戦車だった。ただし、本当に砲弾を撃ってくるタイプの。

本体は弱いけど従者がやたら強いタイプの敵って、いますよね。

援護射撃で私たちがあたふたしているうちに、ゼンマイを巻き終わったおもちゃの兵隊が、再び疾走を始める。

「あっ、あいつまた……！」

空からの機銃掃射と、戦車の砲撃をダブルで食らって、クエスト攻略以前に、ハンバーグになっちゃいそうな私たちに向けて、襲いかかるさらなるプレッシャー。それはクエスト終了までのタイムリミットだった。

空の画面には、残り時間1分20秒と出ている。

もうギリギリだ。

「カラス、このままじゃジリ貧だよ。あの兵隊は追わなきゃ逃げない。1回立て直そう。それで私が横から回り込むから、挟み撃ちにしよう」

おもちゃの兵隊は、線路の軌条の上をホップステップで走っていく。

その頭上を轟音を立てながら駆け抜ける戦闘機。

「ねえ、ちょっとカラス聞いてる⁉」

「……」

私の提案にうんともすんとも返さず、カラスは走るスピードを上げた。それは、まるでジェット気流にでも乗ったかのような尋常じゃない加速だった。

移動系のスキルを使ったのだ。

残り時間が10秒を切るのと同時に、兵隊がフェンスにしがみつき、跳んだ。

その先にあるのは深い堀と、暗い用水路。そこへすかさず、戦車が砲塔を回し、砲撃を放った。

けれどカラスは、おかまいなしだった。

あっ、と――私の口から間抜けな声が漏れ出る。

カラスが、おもちゃの兵隊を追って、跳んだ。少しの躊躇《ちゅうちょ》もなかった。そんな彼の頭上スレスレを通過する砲弾。当たればどう考えても即死しそうなその弾を、ひらりと華麗に避《よ》けて、カラスはバットを振りかぶった。

ズン、と鈍い音が響いた。

それがこのクエストの決まり手となった。


リザルト待ちの私たちは、ちょっとギスギスした雰囲気だった。

「……移動系のスキルはレアだから温存しよう、って言ってたのはカラスじゃん」

フェンスにもたれかかり、ぼんやりと空を眺めているカラスに、私は線路の上に寝転がりながら訊ねた。

「私の作戦じゃ不満だった？」

「別に」

ずぶ濡《ぬ》れの黒いケープから滴った水が、コンクリートに小さな池を作っていた。

「自分でできると思ったから、やったまでだ」

カラスはにべもなく言った。

「ふーん」

ため息をつくみたいに私は返した。

空に灯るリザルト。

ビルの時計がちょうど示す14時半。

私たちは、レベル63になっていた。

2

両腕に伏せた頭を起こすと、腕が痺《しび》れていることに気づく。唇は乾いていて、頰はほんのりと熱を持っている。ああ、またこの流れか。ぼうっとした目を擦って壁掛け時計を見上げる。案の定。針は10時49分を指している。

またセンセーに怒られるんだろうな、と、覚悟を決めて真正面を向く。

「あれ？」

センセーの姿がなかった。それだけじゃない。クラスメイトたちも。教室は私一人きりで、がらんどうだった。

コツン。

不意に、脳天に走った衝撃に、私は腰を上げた。

人の頭を柄杓でためらいなく殴る、暴力委員長のご登場だ。

「授業は?」

「君が寝ているうちに、世界は終わっちゃったのさ」

窓からビュンと風が吹き込み、カーテンを舞い上げた。

程々に晴れた青い空と、見ているこっちをイライラさせる斜塔。そんな風景の中を、サメみたいなワンダーの群れが横切っていく。

え、全然いつも通りじゃん。

にへらと笑う委員長は、悪びれずに言った。

「ごめんごめん冗談。自習になったからみんな図書室に行ってるだけ」

委員長は、灰色に近い黒の三つ編みおさげを揺らし、柄杓で黒板の方を指した。

チョークをケチったとしか思えないか細い線で書かれた、『自習』の2文字。

何か? ってことは私は大勢のクラスメイトが教室から出ていく騒音の中でさえ、

目を覚まさなかったのか……？

なんだよ。

誰か一人くらい、声をかけてくれたっていいのに。

「みんなが私を置いてったならさ、委員長はなんでここにいんの」

すると委員長は隣の机の上に尻を乗っけ、あまつさえスカートと上履きのままあぐらをかいて、膝の上へと肘を突き立てる。

「知ってるでしょ。僕は模範的で、面倒見のいい生徒だからね」

人の机にじかに座るやつの発言とは思えない。

なんでこんなやつが委員長なんだか。

「話を聞くようにセンセーにお願いされたのさ。ほら、君にプリントを届けるのを任せて以来、君の出席率は下がり続けているでしょ？」

「あー……」

1問も手をつけていない宿題の提出を求められた時みたいに、私は言葉を濁した。

ここ最近、ほとんど毎日クエストに参加していた。

おもちゃの兵隊を倒したのも、そういえば平日の日中だったな。

「君は最近、カラスくんと仲がいいみたいだね。君らは二人で、一体何をしているのかな」

委員長は眼鏡の奥の、猫のように大きく黒々とした瞳を見開き、じいっとこっちを見つめる。

「もしかして何か、危ないことをしてるとか……？」

ぎくり。

という擬音語が、頭上に表示されてしまったかもしれない。それぐらいわかりやすい反応を私はしたらしい。

委員長が苦笑した。

「だったら何。センセーにでも、言いつけるつもり？」

私が犬歯を剝《む》き出《だ》しにして言うと、委員長は、

「逆だよ」

と、かぶりを振った。

「クラスで孤立しているカラスくんと仲良くなってくれるのは、僕としても嬉しい限りさ。でも、きっと、察するにだよ？　並大抵のことではないんだろう」

「随分、見透かしてくるじゃん」

「みんなの委員長だからね」

柄杓で人をぶつ暴力委員長のことだ。てっきりもっと、意地悪なことを言ってきそうなものとばかり思っていたから、ちょっと意外だった。

私は、カラスと参加したクエストの数々を思い浮かべる。

青魚のワンダーに始まり、室外機の陰に隠れる幽霊、浮遊する白衣と聴診器、喋り出す人体模型、それに最近だと、おもちゃの兵隊。

私はカラスの、プレイのクセを知っている。スキルは出し惜しみしない。せっかちで、リザルト画面の時はいつも暇そうにしている。それと、自信過剰でスタンドプレイに走りがち。

でも、それ以外は？

私はカラスの、何を知っているの……？

「委員長、面倒見がいいなら教えてよ。ある人の気持ちがすごく気になって、頭の中がすごく気になって、どっか危なっかしいからそばにいてあげたいなと思う。でも手を繋ぎたいってのとは、ちょっと違う。これって恋なの？　何なの？」

「恋か、そうでなければ患者を想《おも》う医師の心境か」

どこまでわかってて言っているのか、委員長がニヤリと笑ってそう告げる。

私はもう一度違う角度から問うた。

「じゃあ、あるゲームを一緒にやっていて、彼はそのゲームに夢中なんだ。私たちはゲームで繋がってる」

「ゲームをクリアしちゃったら接点が消えるかも、って？」

ちょっとはオブラートに包んでくれてもいいのに。私に不貞腐れた顔をさせる暇すら与えずに、委員長は続けた。

「テラ、今からとても大事なことを言うよ」

そうして彼女は目を閉じ、胸に手を当てて言った。

「人の心はわからない」

再び、風がカーテンを持ち上げた。

3週間前と変わらない晩春の風だった。

「……え、それだけ？」

「うん、それだけ」

委員長は、2本の尻尾のような三つ編みおさげを揺らして肩をすくめて、ニッカリと笑った。

「でもそれが一番、大事なことだと僕は思うよ」

3

ちょうど、階段を上り切ったところだった。

やたらに窓ガラスがたくさんあるまっすぐ延びた廊下の先で、目が合った。

「カラスじゃん」

名前を呼ぶと、気だるげに顔を上げたカラスが、なんだよ、と目で告げてくる。

「カラスって、学校来るんだ」

「来ちゃ悪いのか？」

ってか教室に朝からいただろ、と付け加え、もはやムッとした表情を通り越して呆れ顔だ。

だめだ。学校に来たら即眠る、という行動が生活リズムとして定着しすぎていて、カラスが登校していたことに本気で気づけなかった。

それに、なんだろう。

カラスの雰囲気がいつもと違う。

「何、その恰好《かっこう》」

カラスといえば、裏地がやけに明るい黄色をした小洒落《こじゃれ》た黒ケープでしょ？

けれど今は白のシャツにカーキのブレザー、それとクリーム色のスラックス。三日月の形の首飾りは依然としてつけているけれど、それ以外は至って普通の私服高校生すぎて、脳がバグりそうだった。

「何って、普段着だけど」

はぇー。

クエスト一筋の戦い大好き人間だと思っていたけど、普段はこういう感じなのか。なんか騙《だま》された感あるな。

「そういうお前は、毎日毎日同じ服を着ていて飽きないのか」

窓に全反射する自分の立ち姿。白地に赤を合わせたジャケットに、クエストでドロップした星形のブローチ。紺のミニスカート。少し高めに縛ったツインテール。

相変わらずの自分。

「何か悪いですか……⁉」

「ふっ」

今、鼻で笑われた気がするんだけど。ちょっと、ねえ。

「ってか、今日は来るだろ普通」

教室へと向かって歩き始めたカラスが、振り返りざまに言う。

「何？　今日なんかあったっけ」

隣に並んだ私は訊ねる。

カラスは微かに哀れみのような表情を浮かべ、言った。

「テスト返却。次、物理」


最近はクエスト続きで、すっぽりと抜け落ちてしまっていた。私たちが高校2年生であること。そして高校生という生き物はいつも、大人の作った鋭利な目盛りによって測られているということ。

机の上に置かれた答案用紙。

44点。

繰り返しますが、44点。

驚くべきことにこれは100点満点のテストです。

授業が終わり昼休みになると、流石のクラスメイトたちもテストの話題で持ち切りになった。委員長もクラスメイトたちに囲まれ、答案を見せ合っている。

彼女の71点というのはちょうど平均点である。別段誇れる点数でもないくせにあんなに堂々と……だめだ、あいつは陽キャすぎる。

次に私の視線は、カラスを探し当てる。

そしてその判断は間違っていなかったと確信する。

カラスは誰とも話さず、机の上にベッタリと伏せていた。

私の心に、一筋の光が差す。

「なんか暗い顔してるね⁉」

ごく自然な感じで近づいていって、カラスの机に腰をもたれさせた。もうカラスも、流石に私のそういう態度にキレるようなことはない。

「そういうお前は随分楽しそうだな」

ため息まじりに、カラスが言う。

よし。

せこい私の自意識が胸のうちでガッツポーズを決める。

彼のその表情、その纏う雰囲気、それは点数がダメだった人特有の、雨模様の面持ちに違いなかった。

「ねえカラス。テスト何点だった？」

「なんで言わなきゃならないんだよ」

「いいじゃん。あなたの精神状態を知っておいた方が、クエストの成功率も上がると思うんだよね！」

これは最近わかってきたことだけど、彼はクエスト絡みのことになるとすぐムキになって、子供みたいに扱いやすくなる。

カラスはこちらに一瞥をくれ、しぶしぶ机の中へと手を伸ばす。

「最悪だ」

そう言って取り出したのは、93点の答案用紙だった。

は？

「どういう顔だよ、それ」

不服そうに言うカラス。

いや、こっちのセリフだよ。

どうなってんだよ。93点で、なんでそんなつらそうな顔ができるんだよ。

「どういう顔って、幻滅してる顔」

一瞬でも、わかり合えると思った私がバカだった。全然学校に来ずとも、できるやつはできるのだ。

もういっそ笑ってくれ。

私は自分の答案を彼の眼前に突きつけようとした。

「だよな。この程度のテストで。僕もこんな《間違い》だらけの自分が、嫌いだ」

カラスは、鉛の息を吐くように言う。

イヤミという感じは、少しもなかった。

「そんなマジトーンになんないでよ。その点数でも十分じゃん――」

私はそこで、はたと思い至る。

青魚の時だって、そうだったじゃないか。

私は、クエストなんていうスゴイことをやってのける彼が、本気で青魚が苦手だということを、最初は信じられもしなかった。想像できなかっただけだ。何が人の心につっかえているものなのか。

想像しなきゃ。

カラスが、93点のどこに落ち込んでいるのか、ちゃんと慮《おもんぱか》らなきゃ。

だって私はあなたのことを、まだ全然知らないのだから。

昼休みが終わった直後の、まだ生徒の声がまばらに飛び交う廊下。

競うように、私たちは歩いていた。

「なんで教えてくれないわけ⁉」

と私が問えば、

「なんで僕が教えなきゃいけないんだよ！」

とカラスが返す。

互いに相手を睨みつけながら、それでも走り出すのはなんだか大人気《おとなげ》ない気がして、肩をガシガシぶつけながら、早歩きで進んでいた。

何を隠そう、５限は移動教室だった。

来週は音楽室で実演をやるよ、と言われていたことを忘れていたのだ。

普通だったら友達の一人や二人、声をかけてくれるに違いない。でも現に私たちは取り残され、無様にこうして廊下を急いでいる。

「なあ。もしかしてテラお前、友達少ない？」

「はぁ⁉」

私は、唾を飛ばすことを厭《いと》わずに叫んだ。

「そんなことないんですけど！　ナルコとかレムとかいるし、別のクラスだから今回はアレだったけど――っていうかあなたにだけは言われたくないんだけど……っ！」

カラスの「察した」みたいな顔が横目に入ったので、私は思いきりタックルしてやった。

思いっきりタックルなんてしているから、ない時間が余計になくなった。教室と音楽室は別の棟にあるので、元々移動時間がかかるのだった。

もう5分遅れているので、途中から10分遅れても同じかという気持ちになってきて、私たちは早歩きをやめた。

上級生がひしめく3Aの教室の前を通りかかった時、私は、満を持して訊ねた。

「前から訊きたかったんだけどさ」

「ん」

カラスは、こちらにちらりと視線をよこす。

「あなたは、なんでクエストをやりはじめたの？」

カラスも、いずれはその質問をぶつけられるってわかっていたんだろう。

まるで、あらかじめ用意していた言葉を述べるように、話し始めた。

「クエストは――ある日、突然降りてきた。空に不思議鳥が見えたかと思えば、もう巻き込まれていた。最初のワンダーはデカい蜂だった。僕は子供の頃、蜂に刺されて死にかけたことがある。でもワンダーを倒すことで、それ以降、蜂が怖くなくなった」

そういえば青魚も、カラスの『苦手なモノ』だった。

自分の苦手なものと戦わなきゃいけないだなんて。

嫌なゲームだなあ。

「正直、お前が2Pになるまで現実かどうかも怪しかった。正気を疑ったことも、何度かある。でも僕にはなぜか確信がある。クエストを進めれば自分を変えられるって」

「レベルを上げて、自分を変えて、その先には何があるの？」

レベル55からレベル63になって、クエストの難しさは、ちょっとずつではあるが増しているように思う。ワンダーの強さだけじゃない。体より頭を使うパズルじみたのや、森の中で戦う拘束時間のやけに長いクエストなんかも、最近は増えてきた。

それでも彼はスタンドプレイを貫いている。

私がいなくてもきっと、彼はいつかレベル99にたどり着く。

「ラスボスだ」

カラスがキッパリと答えた。

「僕はラスボスを倒すために、クエストを続けている」

見たことのないぐらい、強い眼差《まなざ》しだった。

そしてその強い眼差しがぐるりと四方を眺めてから、天井から吊《つ》り下《さ》がった教室名をしめす木の札へと注がれる。

そこには3Aとある。

「おかしくないか」

首を傾げる私。

彼は後ろを振り返ると、低い声で続けた。

「こんなに長かったか、廊下」

歩き始めて、何分経ったろう。いくら細長い南校舎とはいえ、建物は有限だ。けれど気づいてしまった。

私たちは教室を出てからまだ一度も階段を上っていないということに。

甲高い鳴き声がして、外を見上げる。

ジェット機ぐらいの大きさの怪鳥が、その赤々とした翼を広げ、飛んでいた。

「不思議鳥だ！」

不思議鳥は必ずクエストを連れてくる。

「ってことは……」

視線を下ろす。すると中庭に、くだんの光る紋章が浮き上がっていた。ミステリーサークルみたいな大きさで、その発光量は凄まじい。

スキルを使えば3階の窓から飛び降りるのなんて、たいしたことじゃない。私たちはためらいなく窓の鍵に手をかけた。

けれど――。

開かない。

立て付けが悪いとかでもない。

何か異常な力によって封じられているみたいに、びくともしない。

「なんで阻まれる？　クエスト発生地点は中庭じゃないのか！」

カラスの袖を引き、私は教室を指さした。さっきまで上級生がひしめいていたはずの３Ａから人が消えている。

それ以前の話だ。そもそも私たちは何度、この教室の前を通り過ぎた……？

「さっきも通ったよね、ここ」

隣の教室の名札を見て、唖然とする。３Ａ。

隣だけじゃない。並んでいる教室は全部、３Ａだった。

「そうか、今回の発生地点は――」

クエストはここ最近、少しずつ難しくなってきている。複雑な設定や演出も受け入れなければならない。

「この校舎全体か」

なるほどそうきたか。

4

1P：カラス
2P：テラ

空に浮かぶ画面が、二人の挑戦者の名前を映したその時。

カラスはメニューを呼び出し、即座にクライアを発動した。彼はその、私の腕の太さほどもある鈍色の杭を、窓ガラスへと放ったのだ。

火花が散った。

圧穿機《あっせんき》が地面を穿つような、およそ出るはずのない鈍い音が響いた。そして、カラスの体が大きくのけぞった。

クライアはまるで見えない鋼鉄の壁に阻まれるように弾かれ、リノリウムの床へと落ちる。

私たちはクエスト外ではスキルを使えない。けれどクエスト中なら、アスファルトを削るほどの硬さを持つワンダーの鱗を、穿つことだってできる。

だから窓ガラスぐらい壊せないわけがなかった。

それが弾かれたということは――。

「閉じ込められた、のか……」

まるで果てしなく広がる砂漠に取り残されでもしたように、カラスがぽつりと呟く。

最も壊しやすそうな窓ガラスでダメなのだから、モルタルの壁など試すべくもない。

まもなくして空に、例の画面が浮かび上がる。

レベル：63
ステージ進行度：0／1
目標：フラッグの入手

撃破数ではなく、目標。

これまでのクエストで、そんな表記はなかった。

「カラス、なんか今回は、いつもと違う感じがする」

「見たらわかるさ、そんなのは」

カラスが、吐き捨てるように言う。

何、その言い方？

ムッとする気持ちを抑え、私はできるだけ前向きに考える。

とにかくそのフラッグというやつを探せばいいんだよね。画面が切り替わり、制限時間が表示される。与えられたのは30分。やっぱりだ、ボス戦の時より長く設定されている。

つまり今回のクエストは、頭を使うタイプだということだ。

減っていく秒数に急《せ》かされ、私たちは移動を始めた。が、フラッグを見つけるのに時間は要さなかった。無限に続くかと思われた廊下も、歩いていけばちゃんと角に突き当たった。

角の教室のドアには、ご丁寧にも鍵の形の紋章が浮き上がっている。

そしてその室内。机と椅子が運び去られた空き教室の真ん中。木目調の床からじかにキノコのように生える、ビーチフラッグぐらいの大きさの赤い旗。

私が止める暇なんて少しもなかった。カラスはまたしてもすぐにクライアを打ち込んだ。見境なしに、3回。

地割れのような音が響き渡った。

「くそ。ここもか、くそっ！」

けれど木製のドアはびくともしない。

私が止めていなければ、彼は見込みのない攻撃をずっと続けていたかもしれない。

それぐらいに、鬼気迫る表情だった。

「待って、落ち着いてって！　なんでそんなスキルを無駄打ちするの、数に限りがあるんだよ。らしくないよ。今ので何回使ったの？」

カラスの体の周りを漂うメニューを引き寄せ、確認する。私の忠告はほんのわずかに遅かった。クライアは底をついていた。残っているのは移動系のスキルと、攻撃補正《バフ》が発生するが、それ自体に攻撃効果はないアイテムだけ。

このままずっと閉じ込められ続けるのは、流石にまずい。

私は振り返った。特に根拠があるわけじゃなかった。ただこのゲームを作ったゲームマスターがいるとするなら、きっとその人は意地悪なやつで、意地悪なやつのしそうなことはなぜだか、はっきりと想像できたのだ。

窓枠。身長は20センチぐらいだろうか。私は視線を少しだけ持ち上げ、その小さな体を目視する。

それは——手足を持った黒い鍵だった。指でつまんで回す部分から手足を生やしているので、必然的に鍵山のギザギザしたところが頭ということになる。

鍵はクレセント錠にその小さな手をかけ、懸命に窓を開けようとしていた。

だがクライアでもびくともしなかった窓は、当然のことながら、そんな小さな体の細い腕では開かない。

「鍵のワンダーだ……！」

そうとしか言いようがない見た目なのでそう口に出したのと、同時だった。

鍵のワンダーは、こちらをちらりと振り返ると、ぴょんと床に飛び降り、そして、

「わ、逃げやがった！」

一目散に、逃走を始めた。

「あいつが今回の目標か。最速でカタをつけてやる」

「ちょっと待って一緒に──」

ひと足早く飛び出したカラスは、有無を言わさず追尾を始めた。

響き渡る上履きで走る音。

移動系スキルをぶっ放した異常な加速。

けれどワンダーもすばしっこい。いや……それどころじゃない。あまりの速さに、残像が見えるほどの、思わず声が漏れるほどの俊足だ。

そして一人と1体は、2本の軌跡を描きながら、視界の果てへと消え去った。


「はぁ──っ」

敵と味方を同時に見失った私は、しばし立ち尽くしたのち、特大のため息をついて、廊下を歩き始める。

普通に走ったって、追いつけるわけがない。

再び長めのため息をついた。人が消えているのをいいことに。上級生のテリトリーで目一杯。

「結局さ、2Pって、そういうことなんだよなあ。おまけっていうか、主戦力じゃゃないっていうか」

言いたいことは山ほどあるし、実際にそうする権利もあると思う。久々に、これは私が怒っていいやつかもしれない。

でも。

「カラス、すごく急いでたな」

どうしたの？ って――。その短い言葉さえ、彼はかけさせてくれなかった。時間はまだ十分あったはずなのに、一体何をそんなに急いでいたんだろう。

ぼんやりと、そんなことを考えていた時だった。

「そういう君は暇そうですね」

背筋が、びくりと震える。何かの聞き間違いか？ だって今はクエスト中だ。クエスト中にカラス以外の誰かに話しかけられることなんて、今までなかった。

恐る恐る振り返る。

紙だった。

B5ぐらいの大きさの1枚の紙が、空中に浮遊していた。

「えっ」

えっ。以外に、この場合出せる言葉があるんだったら、あとでこっそり教えて欲しいもんだ。

私の目の高さで滞空する紙切れには、物理と書かれていた。

「か、紙切れが、喋った……⁉」

我ながら素っ頓狂な声だった。

「よしてください。そんなにじっと見つめられたら照れますって」

すでにたくさんマルが打たれて赤く染まった答案が、心なしかさらに赤くなったように見えた。

紙切れは、くるりと身を翻し白面《せなか》を向けると、若い男性の声で言った。

「よろしい。半歩下がってついてきてください」

5

「あなた一体、何者」

そう訊ねたのは、そう訊ねないことには何も始まらなさそうだったからだ。

ペラッペラの紙切れが、言葉を喋りながら、ふわふわと浮遊して移動しているのだ。

あまつさえ、私を案内するとさえ言って。

「何って、93点と書いてあるでしょう」

カラッと答える紙切れ。

自分が紙切れと会話しているという事実に、なんだか気が抜けてくる。

「93点のワンダー？」

「不正解」

紙切れのくせに尊大に言った。

紙切れは移動をやめ、自分の体を見せつけるように空中で身を翻した。だが、新たな発見なんて何一つない。ただの、なんの変哲もない紙切れである。

「じゃあ普通に答案用紙とか？」

「正解」

指をパチンと鳴らすような勢いで紙切れ――答案用紙のワンダーが言う。

「私は答案のワンダー。好きなものは正答と綺麗な字。嫌いなのは背中に下手な落書きをされることと、机の中にぐしゃぐしゃに丸めて放置されることです」

答案用紙は挨拶を終えると、手近な扉と扉枠との隙間にその薄さを駆使してひらりと入り込み、内側から解錠音を響かせた。

学校内の全ての扉は、クエストの不条理な力によって封鎖されていたはずだ。

それを開放できるということは、確かに、この答案のワンダーは何かしら『クエスト側の存在』だってことなのだろう。

開け放たれたのは職員室だった。

往々にして資料が山積みになったデスクには、まだ湯気の立っているコーヒーや、開きっぱなしのノートパソコン、作問途中の小テストなどが散乱している。

先生が誰一人いない職員室というものに入ったことがなかったので、なんだか不思議な気分だった。

「ってか、ワンダーって喋れんだね。もっとみんな、普段から喋ってくれてたら可愛《かわい》いのになあ」

訊ねると、答案用紙はひらりと高度を落とし、デスクの上へと着地した。

『物理基礎』『振動入門』『力学・電磁気学重要問題集』『びっくりするほどわかりやすい熱力学・波動編』――それらの色気のない表紙が並ぶのは、奇《く》しくも私の担任のセンセーのデスクだった。

「このクエストが少し難しすぎるので、上司から調整《レギュレーション》に行ってこいと言われたんです」

「上司……って誰？」

「何を言ってるんですか。あなたの上司でもあるでしょうに」

四隅を折り曲げてぴょこぴょこと動かしてくる答案。

所詮紙切れなのではっきりとはわからないが、なんだか少し煽られてるような気分になってくる。

「とにかく、今はクエスト中。あなたはさっさとこのチャンスを使って、私からヒントを訊き出すべきです」

そうだ。

私は窓に駆け寄り、空を見上げた。はるか上空に浮かぶ巨大な画面は、どこからでも見える。残り時間は23分弱。

紙切れが喋り出すので呆然としてしまっていたが、私にもたついていられる時間なんてない。

「私は答案のワンダーですから、あらゆることの《正答》を知っています」

自信満々に言う93点の答案。7点分は棚に上げているらしい。

今、私たちは、校舎に閉じ込められている。フラッグを入手する鍵を握るのは、文字通り鍵の形をしたワンダーだ。

鍵のワンダーは、とても追いつけそうにない速度で逃げていった。

あの鍵のワンダーのスキルは何……？

最初はそう、訊ねようとした。

でも、なんだかそれじゃあ勿体無《もったいな》い。だってこの答案のワンダーはあらゆることの正答を知っていると言った。私が本当に訊きたいのは、そんなことじゃない。

「……ワンダーって何なの。どうして物理法則を無視できるの？」

私は手近にあった椅子を引き寄せ、いま一度職員室をキョロキョロと見渡してから、どっかりと腰を下ろした。職員室の椅子に堂々と座れる機会なんて滅多にないので、せっかくだからできるだけくつろいでおこう。

「何か、勘違いしているようですね」

答案は少し驚いたように体を反らすと、デスクの上を這うように移動したのち、次のように答えた。

「ワンダーが世界にいるのではなく、ワンダーが世界そのものなのです」

「比喩とかやめて。国語も赤点ギリギリの私に、読解力求めないでよ」

欲しいのは、もっと簡潔な答えだ。

けれど答案は顔——いや紙面を真っ赤に染め、

「私は物理の答案ですよ！　比喩表現など使うはずないでしょ！　怒りますよ⁉」

と、甲高い声で怒鳴った。

いやもう怒ってんじゃん、という言葉を呑み込み、ごめん、と、ひとまずは小声で謝っておく。

「言葉通りの意味です。ワンダーはこの世界を形作る構成要素。それゆえにワンダーは、世界を形作るいくつかの数値《パラメーター》に関与できる。そして、それがスキルです」

こんなふうに、と言ってワンダーはデスクから飛ぶと、宙で身を翻した。

奇妙なことが起こった。

ただの紙切れだった答案が、みるみるうちに膨らみ、だんだんと人の形へ近づいていく。

やがて答案のワンダーは、私の見慣れた人の姿になった。

「ちょ、センセー！ どっから湧いて出たの⁉」

現れたのは、180センチの長身と、安っぽいジャケット、分厚い眼鏡をかけてサンダルを履いた、あの、物理のセンセーだった。

デスクの縁をがっちりと掴み、体を椅子に押し付けるように座ったセンセーは、口を尖らせて告げた。

「不正解」

うわっ。

不正解という言葉を人間の口から聞くと、嫌み度が激増するな。

「私は〝猫被り《レタッチ》〟という、ものの見た目《テクスチャー》を変えるスキルを使いました」

要するに、センセーというガワを被っているということか。

私はその見慣れた物理教師の瞳をじっと覗き込み、訊ねる。

「なんでセンセーに化けたの」

「少し考えたらわかることですが、答案用紙が喋っているのはヘンなので」

自覚あったのかよ。

そこで答案は自らの手を、デスクの縁から離して膝の上で交差させてみせる。

「ただ、〝レタッチ〟が変えることができるのは見た目と体積だけなので、油断をするとこのように――」

センセーの体が、ふわふわと浮き上がり始めた。

まるでお風呂に潜ろうとして浮力で押し返されるみたいに、お尻が椅子を離れ、足が上へ上へと持ち上がった。

「ちょ、浮いてる！　センセー浮いちゃってるって！」

完全に体の上下が逆転したセンセーの伸ばした手を、私は慌てて摑んだ。引っ張ると、嘘みたいな軽さで、椅子へと戻った。

物理教師が職員室で、浮く。

あまりにトンデモない絵面だったので、一瞬思考が麻痺《まひ》しそうになったが、考えてみれば当たり前のことだ。〝レタッチ〟が変えられるのは、見た目と体積だけ。つまり〝重さ〟は変わっていない。

答案は、5グラムかそこらの重さのまま、身長180センチの男性の体に化けた。

空気よりもスカスカなのだから、そりゃ浮く。

「ちょっと待って」

私はそこで言葉を切った。

やっと要点が見えてきた。

「じゃああの鍵のワンダーにも、何か操っている数値があるってこと？」

「正解」

「それってもしかして、速さ……!?」

前のめりになって訊ねると、答案はその私の立てた風圧によってさえ、容易に吹っ飛びそうになった。

「それについては、ご自身で見つけ出してください。そうじゃないとズルになりますから」

紙切れだった頃よりずっと表情豊かに、答案はいやらしい笑みを浮かべた。

「ズルになるとどうなるの？」

「私が上司に、棒の硬い部分で殴られますから」

答案は、ふう、とため息をついた。

そのため息が推進力になって、彼の体は、勢いよく宙へと舞い上がった。

今度は助ける暇もなかった。センセーの姿をした風船は、穴の開いた風船みたいに高速で職員室を漂い始める。

答案は、地上に戻ることを完全に諦めたらしい。

天井の白熱灯にしがみつきながら言った。

「この先、あなた方には大きな苦難が待ち受けているでしょう！　これはそういうゲーム。そういうチャレンジなのです。あまり寄り道している時間はありません」

「確かに、あと19分もない」

答案は首を横に振った。

その反動で体が投げ出され、答案は再び宙を流れ始める。

「いいえ。もっと大きなタイムリミットが迫っています」

「えっ、ちょっとそれどういう――ぎゃあ」

疑うならぜひやってみてほしいのだけど、天井を見上げながら職員室を移動すると
いうのは、マジで危険な行為である。脛《すね》を机にぶつけて、痛みに悶絶《もんぜつ》する私へ、答案
は告げた。

「どうか、あなたの役目を果たしてください。あれが完成してしまうまでに」

職員室の外へと流される直前、答案は窓の外を指さしてみせた。

その先に見えたものは――斜塔。あのちょっとだけ傾いた建設途中の塔が、一体な
んだというのだ。

「いや、意味わかんないから」

甲高い声を響かせ、慌てて職員室へと視線を戻す私。けれど、すでにそこに答案の
姿はなかった。

6

職員室を飛び出した私は、改めて空を見上げた。

残り時間は、11分。

（時間がもうヤバい。早くカラスと合流しないと）

急がば回れだ。

学校の見取り図を頭に思い浮かべる。

この学校には音楽室や職員室のある旧校舎と、教室のある細長い南校舎、それと新築の西校舎がある。それぞれの校舎の3階には渡り廊下があり、輪になって中庭を囲むように繋がっている。

私が今いる場所は旧校舎の2階。

校舎が外界と完全に封鎖されているとしたら、学校は大きなドーナツに見立てることができる。

私は壁に耳を押し当てた。

ひんやりとした感覚と共に、はるか遠くの振動が鼓膜を通して伝わってくる。鍵のワンダーはあの小さな体軀《たいく》なので、こんな大きな振動音は出せない。きっとスキルの発動音だろう。

音の方向としてはなんとなく西側。

中庭側の窓におでこを付けて、目をこらす。

（……見つけた！）

西校舎の廊下。移動していた。南から北へ、ほぼほぼノンストップで追いかけるカラスと、小さくて細い手足をバタつかせながら逃げる鍵のワンダー。あの移動ルートだったら、旧校舎側に抜けてくる。

急いで階段を駆け上がり、そして、渡り廊下へと滑り込んだ。

10メートルぐらい前方。

こちらへと走ってくるカラスの驚いた顔に、私は目を奪われた。

一瞬。時間がゆっくりと流れて見えた。その緩慢な映像の中で、あっと、口を大きく開けるカラス。

直後。

「危ない、テラ――ッ!」

まるで雷撃のように、光の軌跡を描きながら走ってきていた鍵のワンダーの頭部――尖った部分が、私の下腹部へと盛大に突き刺さった。

(あ、ヤバいわ、これ)

訴える直感。駆け上がる痛覚。

鈍い衝撃が全身を貫き、唾と一緒に肺に残っていた息が全部絞り出される。体はくの字に折れ曲がり、盛大に背中から床に叩きつけられ、あまつさえワンダーはそんな私の投げ出された両腕をぬらりとすり抜けていった。

「しっかりしろ！　大丈夫か⁉　無茶しやがって、テラ、おい！」

必死の形相で駆け寄ってくるカラス。引き攣ったまなじりと、震える口元からは、本気の焦りが滲《にじ》み出《で》ていた。

「最期にあなたの焦り顔、見れて嬉しい……な、って――」

私は腹部に手を当てて、咳《せき》を一つした。

そして、告げた。

「――思ったけど、おかしいな、意外と大丈夫っぽい。っていうか、びっくりして尻餅ついちゃっただけ、かも……」

「マジかよ」

しゃがみ込んだカラスが、私のお腹にペタペタと触れる。

ジャケットとミニスカートの下には、ちゃんと、健康的に肉のついたお腹が、健在だった。

「恥ずかしいんですけど」

「本当に大丈夫なのか？　痩せ我慢とかじゃないのか？　腹に風穴が開いたかと思った。それぐらいの速度だったじゃないか、あいつは」

まったくもってカラスの言う通り。

私も一瞬、死んだかと思ったし。

けれど事実として、痛みもほとんどなかった。せいぜい小動物に飛びかかられたという程度の衝撃。

(なんだろう、この違和感)

目で追えないほどの高速だった。普通だったら、ぶつかった衝撃は凄まじいはずだ。

なのに私は無事だった。

胸の中で、絡まった糸が解《ほど》けていく、この感じ。

鍵のワンダーの移動が、目で追えないほどの高速などではなかったとしたら。むしろ追えていない目の方に問題があるのだとしたら……。

ああ、そうか。

そういうことか。

「あいつが操ってるパラメーターは〝速さ〟じゃない」

怪訝《けげん》そうにこちらに目を向けるカラスの手を強引に取り、私は言った。

「カラス、考えがある」

作戦は至ってシンプルだった。

学校の校舎は、言ってしまえば大きなドーナツのような形だ。階を間違えさえしなければ、ぐるぐると無限に追いかけっこをして遊ぶことができる。だから一人が待ち伏せをして、一人はさっきみたく追いかける。

私は追いかける方を志願した。

前を走る鍵のワンダーはすばしっこく、その上知恵も回る。

今までで一番狡猾《こうかつ》で、そして攻撃性の低いワンダー。それゆえに、生存本能に全振りという感じだ。

鍵のワンダーは、私がちょうど1メートルの圏内に入ると、なんらかのスキルを用いて距離を引き離す。一瞬で20メートルほど進むのだ。そして私がまた距離を詰めると、同じことを繰り返す。おもちゃの兵隊よりもずっと逃げ上手で、多分、普通にやっていたら絶対に捕まえることはできないのだ。

カラスはこんなことを執念だけで20分以上やってきたってわけ？　ヤバいな、あいつ。

でも、今回は違う。

この戦いには出口がある。

旧校舎を抜けて南校舎に入ると、遠目に、廊下に立ち塞がるカラスが見えた。カラスは〝メニュー〟を表示すると、秘策スキルを発動すべく画面に指を添える。

重要なのはタイミング。

私は走る。

鍵のワンダーはその度に20メートル、一気に距離を引き離す。

残り時間が３分を切る。

永遠に続く追いかけっこに終止符を打つべく、私は息切れする肺に鞭《むち》を打ち、最後のスプリントに挑んだ。

鍵のワンダーは再度あの高速状態に入った。

膝を曲げ、腰を低く落とすカラスの方へと、雷撃のような速度で進んでいく。

ワンダーに攻撃の意思はない。その行動目的はシンプルで、ただ、捕まりたくないというだけ。まるでイタズラして体育教師に追いかけられる生徒のように。

ワンダーが、カラスの横を通り過ぎようとした――その時。

ふわり。

カラスの体がわずかに浮き上がる。

使ったのは、アンチグラビティーズ。ただ今回は少し応用を利かせ、スキルの範囲を拡大した。アンチグラビティーズで周囲の空間ごと包むようにしたのである。

ワンダーは、まんまとその領域に飛び込んだ。

そして――。

駆け寄った私は、両腕を組んで廊下を見やるカラスの隣に立ち、作戦の成功を実感した。

「う、上手《うま》くいった⁉」

鍵のワンダーもまた、アンチグラビティーズに巻き込まれ、空中に打ち上がっていたのだ。

相変わらずとんでもない速さで足をジタバタさせているが、空気を蹴るだけでは体は進まない。クロールの練習をする子供みたいに空中で足をばたつかせ、虚《むな》しく漂うだけだった。

その様を見て、私はほっと胸を撫《な》で下《お》ろす。

これが《正答》だった。

ワンダーに体当たりされた時、ダメージはほとんどなかった。つまりワンダーは、元から高速で走ってなんていなかった。ワンダーの姿を追えていない自分の目の方に問題があったのだ。

そこで私は考えた。ワンダーは加速しているんじゃなく、時の流れだけが早回しになっているとしたら……？

「そうか、こいつのスキルは、時間か」

「ちょ、それ私が言おうとしてたやつ」

横からいいところを掠《かす》め取《と》っていったカラスに、1発どつきを入れる。

自分の時間を加速させているのか、それとも私たちの時間を遅くしていたのか——とにかく鍵のワンダーが操作していた数値は、速さではなく、時間だった。

そして加速していないのなら、無重力の世界に捕らえてしまえば、なすすべもない。何かフシギな力を使っているわけではなくて足で地面を蹴って移動しているだけなのだから。

「お前、よく気づけたな……。実は頭いいんじゃないのか？」

「私、実は頭いいのかもしれない！」

褒め言葉は素直に受け取るに限る。

私は空中でジタバタともがく鍵のワンダーを捕まえ、そっと胸の方に引き寄せた。

ワンダーは観念したのか、手足をどうやってかシュッと折りたたみ、単なる大きな鍵へと変形した。

けっして落とさないように両腕で抱くように鍵を運び、紋章の浮き出た3Aへと急ぐ。

紋章に鍵を宛てがうと、そのまま抵抗なく奥まで差し込むことができた。

アイコンタクトをとる。カラスは頷いて、鍵を持つ私の手に自分の手を重ねる。

二人で鍵を1回転させた。

3Aのドアから、何か、施錠が外れるような音が響く。かと思えば、クライアを打ち込んでも壊れなかった扉が容易《たやす》く開き、私たちを大仰に招き入れた。

教室の床からぽつんと生えるフラッグ。

しゃがんで、根元から引き抜き頭上に掲げると、どこからともなくファンファーレが響き渡った。

手を離すと、フラッグはそのまま宙に浮遊して、虹色に輝きながらミラーボールみたいに回転し始めた。

私たちは窓の外を見上げた。

1P：カラス

2P：テラ
レベル：63
ステージ進行度：1／1
捕獲数：*toy box key* 1体
使用スキル：Bランク／クライア 9回
　　　　　　Bランク／マザーグース 4回
　　　　　　Aランク／アンチグラビティーズ 1回
COMBO：0
スコア：00000500

それらの文字列が消えた先に浮かび上がる、息を呑むような2行。

ボーナスステージ開放。
レベルアップします。

顔を見合わせ、視線を交わし合うのも束の間。すぐに室内へと意識を戻す。

教室の中央でニジイロに輝いていたはずのフラッグが、光を失って沈黙している。

カラスは再度身を翻して、窓に手をかけた。

開かなかった。

封鎖がまだ解かれていない。

「おい、まさか！」

カラスが体を反転させ走り出す。

間髪入れずに、私たちがさっき開けたはずの扉がひとりでに閉じ、ガチャリと施錠の音を響かせる。

わずかに一歩遅れて、カラスの拳が扉を虚しく叩いた。

「ちくしょう、またか！」

鈍く落ちる声。

私は依然、空に浮かぶ画面を窓から見上げ、その不気味な文字列を言葉に出した。

「ボーナスステージ？　ねえ、カラス。こんなの、今までなかったよね……」

「少なくともレベル63まではな。それに、またクエスト中のレベルアップか」

本来、レベルアップは最終リザルト後に起こる現象だった。けれど、そのルールに反して起こったことが一度だけある。

青魚が登場したあのクエストだ。

何かがヤバい。

足音がして、私たちの視線は反対側の扉へと集まった。鍵のワンダーだった。さっき鍵穴に差したはずだが、抜け出てきたのか。だがそれだけじゃない。

鍵のワンダーの横にはもう一体、別のもいる。

「あんた、さっきの……」

センセーの姿に化けていたはずの答案が、元の紙切れに戻っている。

2体の異形はじっと互いに見つめ合うと、スタスタとあるいはひらひらと、黒板の方へと進んでいく。2体の足並みは初めはバラバラだったが、途中からぴたりと揃い、そしてともに教卓の上に登った。

フラッグが、振ったコーラが吹《ふ》き零《こぼ》れるみたいに霧散する。

かと思えば。

鍵に、答案がまとわりつく。ねっとりと、紙に包まれたワンダーは、まるで蛹《さなぎ》のような形状になる。

2体のワンダーは互いに喰らい合い混ざり合い、やがて――。

「そんなんアリかよ」

背格好は2メートル近かった。胸板の厚いスーツ姿の、ほとんど人間のような姿だが、一つだけ異常なところがある。

頭が二つ。

それぞれに○と×という紋様がついた、白と黒の頭部。

「ワンダーが、合体した……？」

床の上に20センチほど浮かんでいたその双頭のモンスターは、ゆっくりと今、床に足を下ろす。

そして、歪《ひず》んだ声で告げた。

『三者面談を、はじめます』

7

たとえば、誰かのとっても大切なものを壊してしまった時の、あの取り返しのつかないことをしてしまったという緊迫感。たとえば、相手が地雷に思っていることに間違って言及してしまった時の、あの胃がねじ切れそうになる圧迫感。

そういう類《たぐい》のヤバさが、このワンダーにはあった。

マル頭とバツ頭は顔を突き合わせると、私たちを交互に見た。

目も口も鼻もないのに、わずかにある表面の凹凸のために、そのマルとバツが、ギリギリ顔だと認識できる。

『月彦《つきひこ》くんは縲ｯ繝ｳ繧ｹ縺ｧ蟆代ｍ◆孤立し縺ｦ縺◆∪縺◆』

そのマル頭から出た声は、がなるようなノイズで、ほとんど言葉のていをなしていなかった。

続いて、バツ頭も口を開く。

『月彦、蜈育函縺貞峅らせるな。友達ぐらい鬆ｼ縺薙〒縺ｪ縺」縺ｦ縺ゅ・i縺◆』

どちらもディストーションのかかったジャギジャギ音声だが、バツ頭の方が少しだけ低く、厳かだ。

その中でただ一つ拾うことのできた音。

ツキヒコというのは、誰かの名前、なのだろうか。

『縺ｩ縺薙↑罰を与えて縺ょｱ九〈縺ｾ縺帙s。縺薙◆蟄◆は強い子です』

『ハルミツさんが縺昂Ⅳ険ｍ縺』縺ｦ縺上□縺輔k縺ｪ縺牙ｺ牙ｼ◆〒縺◆』

二つの頭は互いに頷き合い、私たちには全く理解不能な、なんらかの了解を交わす。

私は、唾を飲んだ。

何を……何を言っているんだ、こいつらは。

「ねえ、カラス。ワンダーが喋るのって、フッーのことなの？」

じっとりとした汗が額に溜まって、やがて頬を滑った。

ワンダーが言葉を交わしているだけでも不気味だっていうのに。

それも、明らかに今までとは違う。

「でもこいつら、私たちと会話する気なんてないじゃん。だったらなんで話しかけてくるの？　カラス、ねえ、こういう時どうしたら――」

異様な雰囲気に押しつぶされそうになって、私は隣にいるカラスに視線を逃がした。

横目に見えるカラスの青ざめた表情。

私はまたしても《間違い》を悟る。

このクエストが始まった時、カラスはとにかく急いでいた。一刻も早くこのクエストを終わらせようという態度だった。私はそれが、武者震いの類だと思っていた。早くラスボスにたどり着きたくて、うずうずしているのだと。

違ったんだ。

「カラス、手。……震えてる」

モンスターが教卓に触れる。

すると教卓はモンスターの両手の中で、まるで飴細工《あめざいく》のようにみるみる引き伸ばされ、やがて、1本の長い薙刀《なぎなた》になった。

間違いない。今のは〝レタッチ〟。

けれどレタッチは答案のスキルのはず。

ゆっくりと踏み込むのと同時、モンスターは渾身《こんしん》の力で薙刀を振り下ろした。

「危ない——ッ！」

私の叫びはギリギリで届いた。石化のような硬直から脱し、カラスは床に転がってなんとかその一撃を避けた。薙刀の刃《やいば》は、床に5センチほど食い込んで止まった。

この教室はリングだ。

ボス戦のために用意された、特製の。

『問題が解けるまで、この部屋にいなさい』

バツ頭が、今度は聞き取れる言葉でそう低く告げ、そこからは——猛攻だった。

縦横無尽に振るわれる薙刀。レタッチは重さは変えず形状だけを変化させる。けれど今回元となった物体は鉄と木材でできた教卓。かなりの重さがある。

避けるのでやっと。

「カラス、このままじゃまずい。メニューを出して！」

メニューを出せないほど追い詰められているっていうんなら、まだわかる。でも現状は、防戦一方と形容するのでさえ誤りだ。

彼は武器を出そうとさえしていない。

つまり、戦いにすらなっていなかったのだ。

「無理だ……」

「なんで⁉」

カラスの方へと伸ばそうとした腕を、薙刀が掠める。

このままじゃカラスと引き離される。

「無理なんかじゃないよ！　今までだって乗り越えてきたんでしょ⁉」

「お前は僕のことをヒーローか何かだと思ってるのか」

ハッとした。

私の人生には、何かが、欠けていた。

委員長に言われてプリントを届けに行ったあの日、4000メートルの上空から真っ逆さまに落ちる私を命懸けで助けてくれたカラスは、私の欠けているところを埋めてくれた。

時に弱虫で、時に自暴自棄にもなるけれど、学校もホーテー式も重力も、タイクツな何もかもを蹴っ飛ばす彼は、正真正銘のヒーローだった。

「お前は知らないだけなんだよ、僕がどんなに臆病な人間か」

モンスターは薙刀を両手で持ち、左右に大きく振るう。鼻先でビュン、と音が鳴る。

そう何度もかわせる攻撃じゃない。

教室の奥へ、奥へと、じわじわと追い詰められる。

そんな中。

カラスは叫ぶ。

「お前が見ているカラスは、本当の僕じゃない……ッ！」

言葉が刺さった。刺さって抜けなかった。

もうとっくにわかってるはずだ。

委員長が言っていたことの本当の意味。人の心はわからない。

そんな当たり前の事実を私たちはよく忘れる。忘れるから想像しようとする。でも想像するだけじゃ本当のことはわからなくて、結局自分に都合のいい人物像を当てはめて期待して、それが間違っているってわかったら勝手に失望して。勝手に落胆して。

言葉に出さずとも、私もきっと態度で責めてきたんだ。

最低だし、ばかみたいだ。

これ以上、想像して何の意味がある？

私が今本当にすべきこと。それはヒトの気持ちを考えるなんていうロマンスじゃないだろ。

そういうのはもういいんだ。

動けよ、私。

「カラス、あなたは何が怖いの？」

「だから、怖くなんか——」

カラスの腕を強引に取り——そこまではいい、ここからだ——私はワンダーから取れるだけ距離を取って、彼の体を壁へと押し付け、そして耳元で叫んでやった。

「そんな嘘つくほど私は頼りないのかよ……っ！」

カラスの瞳が見開かれる。

チャンスは今しかないと思った。

続けざまに言った。

「あなたはいつも一人で突っ走る。先に行っちゃうから声もかけられない。でも、気づいてよ。振り返ってよ！　私をちょっとは頼ってよ。私はあなたの2Pだ。あなたの状態がわかんないんじゃ戦えない。私はもう勝手に想像したりしない。ちゃんと教えて、あなたの言葉で！」

言い切ってから、息切れしている自分に気づく。

カラスはまなじりをギュッと絞ると、三度ためらいを呑み込み、そして、言葉を紡いだ。

「閉所が、ダメなんだ」

息を吸うことさえ苦しそうに、頭を抱えながら告げる。

その言葉で、腑に落ちる。カラスが校舎内のクエストで、焦っていた理由。またしてもクエストはカラスの苦手を突いてきた。

彼は最初からハンデを背負って戦っていたのだ。

「それだけじゃない。93点も、鍵をかけるあの音も、水族館も、近所の番犬も、三者面談も、全部が怖い。でも何よりも僕は、僕は」

絞り出すように言う。

「失敗することが、怖い……！」

直後、振り下ろされた薙刀によって、扉が真っ二つに両断される。

このままじゃだめだ。一人の力では絶対勝てる相手じゃない。二人だってどうかもわからない。

でも。

「あなたが失敗したらまた私がコンティニューを押したげるから！」

伝える。人の心はわからないから。想像したって、合っているかどうかもわからないから。

せめてちゃんと、言葉で。

「何度だって、押したげるから！」

私は伝える。

何度だって伝える。

「だから……！」

モンスターの振るう薙刀の速度が上がった。

薙刀が残像を纏う。間違いない。こいつは鍵のワンダーのスキルも使い始めた。もうここで反撃できないなら、ゲームオーバーが決まる。クエスト中に真っ二つにされた自分の体は後でちゃんとくっつくのかな、とか、グロいことまで考え始めたその時。

ひょい、と、投げ渡されたのは《奇器怪壊》――魔除けのバット。

アイテムはスキルと違って、何か超常的な動きが可能になるわけじゃない。

あくまで攻撃力に少しだけ補正のかかる程度。

効果は私たちの腕力に依存する。

「預けていいんだな、背中」

同じく、魔除けのバットを右手に装備したカラスが、疑《うたぐ》り深《ぶか》い瞳でこっちを見る。

私は答える。

「望むところだ」

モンスターの動きが一気に加速した。2メートル近い図体からは考えつかないほどの俊敏な動き。

狙いは、私か！

振り下ろされる薙刀を、バットで受けとめる。

受けとめられたってだけで褒めて欲しいぐらいだが、モンスターの攻撃はやまない。

頭をよぎるのは大見得切ってみたけどやっぱり無理かなぁ、という情けない弱音。

そんな弱音ごとカラスの一撃が吹っ飛ばした。フルスイングが胴に入り、モンスターをよろめかせる。

よかった。こっちの攻撃、ちゃんと効くんだ。

それだけで大きな希望だった。

私も薙刀の間合いから抜け出て、側面に回り込もうとした。けれどモンスターの動きはずっと素早く、すでに私のバットの射程から距離を取っている。

このまま戦っててもジリ貧だと私たちは肌感覚で気づく。

「カラス、わかってるよね」

「ああ」

カラスははっきりと答えた。

もうそれで私たちは大丈夫だと思った。

「お前が2Pになった意味。このクエストが投げかけてきている課題内容。今ならはっきりとわかる」

課せられていたのは、プレイヤー同士の役割分担。

だからこそ、私たち二人じゃないとダメだった。

ぐっと、握り込まれる拳。交わされる言葉。

大丈夫。

今の私たちならやれるはずだ。

「どっちがカバーをやる？」

「私が」

「頼んだぞ、テラ」

二つ返事だった。

浅く頷いたカラスは気を引くようにわざとモンスターの攻撃範囲に躍り出る。えげつない速度で薙刀を振るうモンスター。カラスがそれをなんとか2撃、受け止め切ったその隙をついて、私は背後に回り込む。そして脇の下から腕を通し、モンスターを羽交い締めにした。

目にもとまらぬ速さで手足をばたつかせるモンスター。

残像の伴うジタバタの、凄まじい躍動感。

しかし、もしも仮に、腕を動かす速度を実際に上げているのなら、私の腕力程度じゃ、とうに吹っ飛ばされていただろう。

でも、モンスターが操っているのはあくまで時間。

これこそが、クエストの要求。

これこそが、攻略方法。

カラスの大きく振り上げたバットが、モンスターの頭部へと振り下ろされる。鈍い音が響き、バツ頭の不気味な顔面にひびが入った。

ああ、そうか。

今まで私たちは隣り合って座って肩を並べながらも、別の画面を眺めていたんだ。

もう違う。

「うおおおおらあああ！」

猛々《たけだけ》しく絞り出した声で、カラスがマル頭へと2撃目を放った。それが会心の一撃だったことは、あえて語るまい。

体を駆け抜ける実感。私はその充実感に静かに溺れる。

やっと、2P《なかま》になれたんだ。

8

私たちの視線は、天井へと向いていた。

体を大の字に広げ、空き教室の床にバッタリと横たわる。

150近いBPMで打つ心臓の熱を、硬くひんやりとした床が、少しずつ冷ましていく。

窓から微かに見えるリザルトを確認して、どこからともなく鳴るファンファーレを聞き届けて、それからもしばらく私たちはずっと寝転がったままだった。

やがて生徒たちの足音が聞こえ、まばらな談笑の声が耳に入り始める。私はようやく上半身を起こし、廊下側の壁に背中をもたれさせて言った。

「44点だったんだよね」

「？」

「だから、物理のテストの点数」

のっそりと体を起こしたカラスの口から、は？　というナチュラルな軽蔑の声が漏れる。

「44点……？」

心底信じられないという様子でカラスが言った。

「お前、44点で僕にあの絡みをしてきたのか」

私は控えめに頷いた。

立て膝をついたカラスはしばしポカンとした表情を見せ、それから腹を抱えて、再び床に転がった。

「ふふ、ははは！　それは恐れいった」

カラスはもう一度体を起こすと、辺りをキョロキョロと眺め、中腰で歩いてきて、私と同じ壁に背中をもたれさせた。

壁に接している背中は、廊下を歩く生徒たちの足音を敏感に感じ取っている。壁1枚隔てた向こうにはもう『日常』が戻っている。いずれ空き教室が開いていることに気づいた生徒が、興味本位で扉を開けてしまうかもしれない。

けれど、この教室の中には非日常の残り香がある。

まだ、戻りたくなかった。

「どうりで説得力があったわけだ。お前の『失敗してもいい』って言葉には」

「でしょ」

「その点数で胸を張るな、胸を」

「そっちこそ93点でマジ落ち込みするとか、めっちゃ嫌みなやつじゃん。……って思ったけど、もしかして親が相当厳しいとか？」

訊ねると、カラスはびくりと肩を震わせる。

そして観念したように頷いた。

「まあ、そうだな。そういう感じだ」

「私はかっこいいと思うよ。あなたがどう思おうが、その点数」

間髪入れずにそう言った。

どうせいつも通り、鼻で笑ったりするんだろう、と思った。でも彼はちょっとだけ顔を逸らし、口の端を微かに吊り上げる。

だからさ、そういうふうに急にしおらしくなるの、やめてよ。

「私も0点じゃないからオッケーです！」

今茶々を入れたのは、気恥ずかしくなったからだ。私だってそういう気持ちになることぐらい、ある。

「だからその点数で胸を張るな、胸を」

廊下に満ちていた足音も静まり、生徒たちを急かすようにチャイムが鳴る。

先に立ち上がったのはカラスだった。

ドアに手をかけ、顔を出して外を覗き、人通りがないことを確認すると、ぼそりと言った。

「テラ、次の土曜は空いてるか？」

「クエストのお誘いだったら、誘われなくたって私行くけど」

「違う。クエストの話じゃない。そういうんじゃなく……」

扉が開け放たれる。

廊下側から差し込む光が、薄暗い空き教室をカラッと照らす。

振り返りざまに、カラスが言った。

「一緒に遊びに行かないか、街に」

●アンチグラビティーズ Anti Gravities

【移動スキル】ランクA

【属性】ポジティブ

【効果】一定時間自分にかかっている重力を遮断する。また指先で触れている任意の物体に、効果を分け与えることも可能。

【SS】ずっしりとした、鉛みたいに重たい気持ちに押しつぶされそうになった時これを使うと吉。好きな人の好きな子の噂も買えなかったライブチケットも、物理の試験範囲も何もかもぜんぶ宙に浮いてしまえばいいね！

●フェアリ・テイル Fairy Tail

【攻撃スキル】ランクS

【属性】ネガティブ

【効果】虹色の爆発を起こす槍を放つ。クライアと同様、投げる動作まで含めてスキルだが、レアなのでどんなへたっぴな投げ方をしても絶対当たる。

【SS】ある星に醜いバケモノがいた。その世界には伝説があった。虹色の羽を持つ美しき怪鳥の逸話。かれは伝説に憧れ大罪を犯した。かれは望み通り美しさを得た。代償として鉄の槍に穿たれ、かれは死んでしまった。――そうしてまた、自らを醜いと思うものの耳元に、伝説が告げる。甘き声色で己《おれ》を喰らえと囁く。

幕間

ラケットが押し出した球がベースラインのスレスレを掠る。我ながらいいショットだと思った。けれどレムはかなり体勢を崩しながらも粘り強くくらいつき、ボールを高く打ち上げる。

昼下がりの、元気満々の晴天の太陽と重なって、一瞬、ボールが視界から消えた。

私は目を平らにしてなんとかボールを捉え、さも渾身の力でスマッシュを放つぞ！ と言わんばかりにラケットを振り上げる。

スマッシュを警戒し、レムがネットから距離を取る——その隙を見て、私はそっとボールの表面を擦るように打ち、ネットギリギリに狙って落とした。

直前に私の意図に気づき、前にダッシュしてきたレムがその球を打ち返すには、あと半歩足りなかった。

「ゲームセット。3セッツ・トゥー・ラブ。テラの勝ち」

ベンチに座っていちごミルクを飲んでいたナルコが、やや気だるげにコールした。

体育倉庫の貸し出しボックスにラケットを突っ込み、ベンチに戻ってきたレムが膨れっ面でぼやく。

「ちぇ〜。あそこでドロップショットか。あんなにできるのになんで部活入らなかったの？」

私はテニスコート脇にある水道を捻ってスポドリを作ると、ゴクッと喉に流し込み、少し考えてみる。

なんでだっけ。

うまく思い出せないな。

「現役テニス部のあたしより上手いとかムカつくわ」

「なんかそういう星の下に生まれちゃったんだと思う。強くてごめん！」

「無邪気な顔して残酷なこと言いやがる」

普段は部活で使われているテニスコートだが、部活が休みの金曜日は一般生徒に開放されていた。

ベンチに座った私は、なんだかんだ肩を寄せ合っているナルコとレムに、恐る恐るその話題を切り出した。

「ちょっと、二人に……訊きたいことがあるんだよね」

ナルコとレムが、同時にこっちに振り向く。

「あのお、答えにくいことだったら全然スルーでいいからね？」

「随分もったいつけるじゃんか。それでしょーもないことだったらめちゃくちゃ笑うからな」

「大丈夫！　ちゃんと深刻な問題だから！」

私はそう言い切ると、ゆっくりと息を吸い込んで、そして。

溜め込んだエネルギーを吐き出すようにその質問を口にする。

「デート代って……割り勘？」

「「あー……」」

二人はそう言ったきり口を結び、互いに見つめ合って目配せを交わした。

それなりに時間を置いてから、二人して私を見据え同時に答えた。

「持ってる方が払う」

「ほぼ俺が払ってる」

二人の表情がぴくりと固まる。

「「……」」

そして二人はすぐに顔を突き合わせて睨み合いを始めた。

「ちょっと今のは聞き捨てならないな～。流石に上訴です」

「わかったわかった。６：４くらいだな。もちろん俺が６」

などとのたまいながら口論を始めるナルコとレム。なんだこれ。新手の惚気《のろけ》か？

そういう茶番を一通り繰り広げた後、レムが私の肩をつついて訊くのだった。

「ね～それってそれってもしかして、テラがオトコノコとデートするってこと？」

誘導尋問よろしく、距離を詰めてくるレム。

うん。

いやあ。

どうなんだろう。

どうなんだろうね……？

とりあえずあははと笑ってみせる。なんでわかんねーんだよ、と小言を言ってくるナルコ。うるせーよ。誰も彼もあんたらみたいに充実してるわけじゃないんだよ。

意地悪なナルコから視線を外すと、スポドリを口に含んだレムの瞳が、空高くを見つめていることに気づく。

「なんか面白いワンダーでもいた？」

「なワケ。じゃなくて、あの塔。そろそろ完成してもいいのにな〜、って。そうしたら、いいデートスポットになりそうなのに」

「あの傾いてるやつに上るのか……？」

げっそりとした顔で、ナルコが横から言った。

「スリリングでよくない？」

「俺は絶対勘弁だわ……」

私も空を見上げる。本当にこの街は、どこからだってあの塔が見える。

街を見下ろす、2・5度傾いた塔。

ビュンと風が吹いて、私は目を瞑《つぶ》った。グラウンドの方から砂を運んできたんだろう。目の異物感と闘いながら、ぼやぼやした視界でもう一度空を見る。

その時、

（あれ？　なんだろ——）

妙なものが見えた。

もの、なのかどうかさえ、わからないが。とにかく。塔が……消えているのだ。だが、ただ消えているのではない。その代わりに、真っ黒い稲妻のようなもの……が、見えた。

気がした。

「ねえ、あのさ。今なんかでっかい黒いやつ、見えなかった……？」

「えっ」

レムがこっちに首を回す。

そして私の肩に手を置き、もう一方の手でグッと私の顔を引き寄せて言った。

「も～擦っちゃダメでしょ。目、充血してるよ」

「いや、そうじゃなくて塔」

「塔が何」

「だから、黒い稲妻みたいな」

目を擦って、もう一度凝視する。

そこにはいつもの見慣れた斜塔の姿がある。

「だから擦っちゃダメだって！」

両腕を拘束され、私は手洗い場に連行される運びとなった。確かに右目が少し痛かった。早く水で目に入ったゴミを流した方がいいに決まってる。いいに決まってる、けど。

——いいえ。もっと大きなタイムリミットが迫っています。

あの時答案のワンダーが口にした意味深なセリフ。斜塔を指して言った言葉だ。私はわけがわからないと一蹴した。それで本当によかったんだろうか。

金曜日の放課後だっていうのに、嫌な感じだった。きつすぎる冷房の風がずっと肩に当たり続けているみたいな。

カラオケ行って、全部忘れよっ。

3話　正解も不正解も、全部

1

玄関からわざわざ持ってきた全身鏡の前でポーズを取り始めて、およそ1時間半。

眉間の皺は、増加の一途をたどっている。

「はぁ――――っ」

鉛のようなため息が部屋に充満した。

キャミソールやらワンピースやらがぐしゃぐしゃに脱ぎ散らかされていて、まるで開けっぱなしになったクローゼットからベッドまでカーペットが延びているみたいだった。

ハンガーもあちこちに散乱していて足の踏み場もないし、何ならさっき踏んじゃったせいで足の裏が死ぬほど痛い。

服が決まらない。

今着てみた、いつ買ったのか全く覚えていないチェックのシャツワンピースも、見れば見るほど全然似合っている気がしない。

鏡の前でポーズをとるたび、ゲシュタルト崩壊するみたいに、自分の輪郭がぼやけて、わけがわからなくなってくる。

そもそも自分に似合う服って一体何？

私、どんな服を着ていたんだっけ……？

「自分らしさって、考えるほどにぼやけてくるな。こんなことならレムにもっと訊いときゃよかった」

学校に行くだけならただ周りの子の服装に合わせればよかった。

クラスのみんなが着ている服のブランドを調べて、テキトーに組み合わせていればそれでよかった。

でも、今日は違う。


――一緒に遊びに行かないか、街に。

あの時。

カラスの言葉に、私は、ろくに返事もせず黙り込んでしまった。

それでもカラスが思いの外真剣そうな瞳でじっとこちらを見つめてくるから、私は薄ら笑いを貼り付けて、茶化すように訊ね返した。

――新手のクエストの隠語？

——僕のことをなんだと思ってんだよ。
——クエストフリーク。
カラスは頭をぽりぽりと掻いてぶっきらぼうに言った。
——だから、そのままの意味だって。駅前の一番街に行かないか、一緒に。
——いいの？
自分でも、何がいいの、なのか、わかんなかった。
ただ口が、喉が、横隔膜が、勝手にそういう言葉を放った。
——私なんかでいいの……？
——わからない。
即答。
そこは嘘でも肯定しろよ、とか一瞬思う。
けれどカラスの表情は、今までになく真剣で。
まるで、ずっと怖いと思っていた近くの家の番犬を恐る恐る撫でてみるみたいな、
そういう緊迫感があったわけで。
——わからないし、もしかしたらお前を、嫌な気分にさせてしまうかも。僕は……
友達がいないからな。でも僕はお前のことをもう少し、

弱気な言葉を追い払うようにかぶりを振って、カラスは続ける。

――ちゃんと知りたいと思った。

ど真ん中の直球だった。

あまりに率直な言葉に、やっぱりすぐに声が出なかった。頬が熱くなって、胸の奥がやたらうるさくなって、顔を逸らしたいけど逸らせない。

彼から目を離せない。

私はずっと、彼のことを知りたいと思っていた。

つまりは私が一方的に興味を持つ側なのだと。

でも。

――ダメならダメと言ってくれ。ビジネスライクな付き合いでも十分ありがたい。

――言ってないじゃんダメなんて。

否定に否定で返すことしかできなかった私は、自分の情けなさを後々恥じた。けれどまだ、ちゃんとそう言葉で言えただけマシか。

彼のちょっと救われたような顔を見て、全部がどうでも良くなった。

――言ってないじゃん。

自分でも自意識過剰かもと思って、馬鹿馬鹿しくもなってくる。

だけど、初めて誘われたのだ。クエストじゃない、ただの遊びに。こんなフツーなことってないし、こんな異常なことってない。

あのカラスが。

バトル大好き人間が。

これって何？

デート？

or,
not デート？

時計を見上げ、私は叫ぶ。

「ヤバいヤバいヤバいヤバい……！」

なんでアナログ時計って時間ギリギリの時に限って「まだ余裕あるよ」みたいな顔をしてるんだろう。

本当に憎らしい。

いまいちピンとこないワンピースを大急ぎで脱ぎ、片付けという大仕事を、帰宅後の自分へと押し付けて、いつものジャケットとミニスカートを〝装備〟して家を飛び出した。

好かれたいより嫌われたくないが勝るこの、守りのムーブ。

だっさ、と私はため息を呑み込む。

今日の天気は晴れ時々ウミヘビ。予報通り、空には切れたミサンガみたいな透明なウミヘビのワンダーが、群れをなして泳いでいる。

快晴。

背中に暖かな日差しを受けながら、小走りで駅まで向かう。

心で唱えるのは自己暗示だ。

カラスがどういうつもりであってもいい。今はただこのドキドキを感じるだけでいい。遊びに誘われたことが単純に嬉しいだけ。

私今、浮かれているだけなの。

2

そろそろ駅が見えてくるというところだった。

片側2車線の大きな交差点。

歩道の青信号が、今まさに点滅しているというタイミングで、ラストスパートとばかりに、私は走る速度を上げた。

けれど。

色褪《いろあ》せたヒヨコ人形の置かれた古びた薬局の前で、私は足を止めた。

「委員長……？」

信号機が、その隙に赤に変わる。ああっ、もう。

相変わらずの学校販売のカーディガンを羽織った委員長が、ほとんどノータイムで顔を上げる。

「やあ、スットンキョウくん」

やけに澄んだその瞳には、微塵《みじん》の驚きも浮かんでいない。

街でクラスメイトに偶然出会ったらちょっとは驚いてもいいと思うんだけど。

模範的な丈のチェックのスカートに、丸眼鏡、それに右手に持った柄杓。

いつも通りの委員長。

「珍しいね。こんなところで会うなんて」

委員長と一緒に帰ったことがないので、委員長の家が実は近所だったということもありえない話じゃないが、少なくとも家の近所で会ったことなんてなかった。見渡す限り民家しかないここら一帯に来る理由って、他に何が考えられるだろう。

信号機に目をやる。

まだ赤のままだ。

私は眉を八の字にした。そう。今は委員長の休日の過ごし方について想いを馳《は》せている場合じゃない。

「ごめん、ちょっと今急いでるからさ」

委員長は頭の天辺から足のつま先まで舐《な》めるように私を見ると、ニヤリと笑って言う。

「それって、カラスくんでしょ」

「……」

ビュン、と、どう考えても速度超過の大型バスが交差点を通り過ぎ、凄まじい突風が鼻先を撫でた。

信号機の上に止まっている鳥類の方のカラスが、路地裏のゴミ袋をじっと見つめている。

「僕の目は誤魔化せないよ」

委員長のぎらつく瞳が、私を射貫《いぬ》く。

そういう目。

全てをわかっているみたいな顔の、どこか大人びた、馴《な》れ馴《な》れしい視線。

心を見透かされているような感じがして、むず痒《がゆ》い。

「だったら何？　私がウッキウキのノッリノリで歩いてたこと、クラスで言いふらしたりしないでよね」

「ユニークなことを言うね、スットンキョウくん」

ちょうどその時だ。車道の信号が黄色に変わる。

「じゃあ、また学校で」

横を通り過ぎようとした。

そんな私のジャケットの袖を、委員長の指先がつまんだ。

「マジで急いでるんだってば。待ち合わせに超絶遅れそうだから」

振り返った私は、今度は少し強めに言った。

委員長は微笑を貼り付けた顔でこう返してきた。

「問題ないさ」

委員長が、柄杓を振った。魔法使いがステッキを振るみたいな、そんな感じだった。

体の表面を静電気みたいなこそばゆさが走る。

かと、思えば——。

「えっ」

止まっていた。

信号機から飛び立ったカラスが翼を広げた状態で、宙に浮いていた。黄色信号ギリギリで交差点に入ってきたミニバンみたいな乗用車が、前輪で横断歩道の白線を踏んだままピタリと停止していた。

世界が微かに灰色がかって見えた。

息を吸うことも忘れ、私は周囲を見回す。道ゆく人が、点滅していた信号機が、そして空に浮かんでいたワンダーの群れさえ——停止していた。

委員長へと視線を戻す。

「あんたがやってるの……？」

どこまでも続く荒野のように平坦《へいたん》な表情。

そのいかにも全能って感じの顔が、ほぼほぼ《答え》だった。

「でも、これってまるで、」

「レベル99のインタールードを使ったからね」

あっけらかんと言う。

それから両腕を広げ、その場でくるりとターンをしてみせる。

「君は勘違いをしている。このインタールードというスキルは、僕らを速くしているんじゃない。周りの時間を遅くしているんだ。最大形《レベル99》だから、時間の進み方は10000分の1くらいになってる。ほら、空気がねっとりと重く絡みつくだろう？」

そう言って委員長は、その場で踊るように回ってみせた。2本の三つ編みおさげが、まるで海を泳いでいるみたいに、ぬらりと不思議な動きをした。

「あなたは、何。クエストプレイヤー……？」

「あのね、テラ」

すると委員長は、停止した灰色の世界で一歩を踏み出す。

「君の質問に答える前にまず、僕から一つ質問させて欲しいんだ。簡単なことだから、いいね？」

委員長がもう一歩、進む。

ゆっくりになった空気が粘度の高い旋風《つむじかぜ》になって、彼女の足元に浮かぶビニール袋をぐにゃりと歪める。

「君は、僕の名前を言えるかい？」

質《たち》の悪い謎かけかと思った。

謎かけに付き合うのも癪《しゃく》だったから見たまんまを答えた。

「委員長、でしょ」

「それはただの立場でしょ。そうじゃなくて、本名」

「え、でも……」

あれ。

なんだろう。

おかしいな、この感じ。

「じゃあ、ナルコは？　レムは？　二人とも日本人なのにまさかそれが名前だと思ってないよね？」

重ねられ、厚みを増していく問い。

いや、待ってよ。

でもさ、名前呼ばなくたって、あだ名とか立場の略称で呼び合ったりするもんでしょ？　そんなにおかしいこと？　そんなことないでしょ……？

委員長がさらに一歩距離を詰める。

私は反射的にあとずさった。

「同級生の名前を誰か一人でも言える？　センセーの名前は？　学校の名前は？　君

の苗字《みょうじ》は？　思い出してみて。君は一度でもこの街から出たことがあるのかい？」

背筋を、冷たいものが這い上っていく。交わした口約束を薄ら笑いで無かったことにされるみたいな、そんな、胃の腑が底冷えする感覚。

たどっても、たどっても、たどっても、たどり着かない。

委員長と出会った日の出来事。

ナルコやレムと最初に喋った会話の内容。

学校の入学式。

家族と行った旅行。

ネットニュースが伝える世界情勢。

私自身の、幼い日の思い出――。

「知らなくて当然だよ。元々そんな設定はないからね」

委員長は眉根を寄せて、少しだけ申し訳なさそうな顔をする。

やめて。そんな顔しないでよ。怖いじゃん。

ねえ。

「でも僕にはあだ名じゃなく、ちゃんとした名前があるんだよ。ごめんね、今まで猫を被っていて」

委員長から逃げるように後ずさる私は、ついに背中を薬局のドアにぶつけ逃げ場を失う。

空には、時間を奪われ、空中に磔《はりつけ》になっているワンダーたちの姿がある。

ワンダー。

クエスト。

スキル。

子供にはルール違反を注意するのに、ワンダーには物理法則違反を注意しないエコヒイキな大人《センセー》。クエストになると突然消える街の人々。知らんぷりのクラスメイト。

今更何を言ってんだ、私は。

世界は、最初から馬鹿馬鹿しいほど《間違い》だらけだっただろう？

「名乗るとするよ」

委員長は眼鏡をとり、カーディガンのポケットに入れた。

そして私の右肩に掌《てのひら》をゆっくりと乗せて、告げた。

「僕は、ワンダールーラー。全てのワンダー《ワンダーズ》を統べるもの。君と、セカイについての話をしに来た」

3

待ち合わせ場所の踊り場で、ラムネを買った。瓶入りじゃないと価値下がるよね、とか言いながらプルタブを押し上げると炭酸が弾けて、両手がベタベタになった。失笑する彼にどつきを入れて、一気に飲み干した。

黒いコートに三日月のペンダントのカラスと、星形ブローチをつけたジャケットにミニスカートの私。

そこにいたのは結局、いつも通りの私たちだった。

ツギハギ鳥居からマンホール通り沿いに進んで、駅前の一番街に出る。手を繋ぐこともなく、かといって全く他人のような顔をするでもなく、肩がぶつかるかぶつからないかぐらいのギリギリに距離を保って、しばらくの間私たちは、互いの呼吸音だけを聴いていた。

やがて、カラスが私の顔を覗き込んで訊ねた。

「なあ、テラ。もしかして具合悪い？」

私は、すぐに首を横に振って否定した。

そんなことない！　体調は万全！

元気いっぱい！　ほら見てこの笑顔！

「やっぱり強引だったか。無理して来なくたってよかったのに」

わざわざ歩く速度を落とし、何度かちらちらとこっちを横目で見遣《みや》ると、カラスは心配そうにそう言った。

その垂れた眉と、下がった口角と、前髪のつくる陰が、私を焦らせる。

ああ、まずい。

違うの。

そんなこと、これっぽっちもないのに。

委員長の不敵な笑みが脳裏をよぎり、私は全力でそれをかき消した。

今日は大事な日だ。普通の若者にとってはただの遊びかもしれないが、私たちにとっては大きな一歩。

あの人見知りのカラスが、せっかく勇気を出して誘ってくれたのだから。

「ほ、ほんとに！　そんなことない。実は今日がめっちゃ楽しみでさ、それで——」

言葉を続けろ。

笑顔を絶やすな。

たとえ嘘をつくことになったとしても、私は今日を楽しみにしてたんだ。その気持ちだけは本物だ。

やっと心を開いてくれたのだから、絶対に台無しにしたくなかった。

「それでさ、昨日の夜あんま寝れなくてさ」

我ながら安直な言い訳だった。

片目を閉じ、不審がられたかな？　と、カラスの方を盗み見る。

けれどカラスはいつも通りの呆れ顔で微笑んでくれた。

「行こう」

少しだけ大きな男の子の手が、私の右手を摑む。そして、引っ張られる。

ヤバい。どうしよう。

手汗とかかいてないかな。ってか歩く速度も上がったし、男の子の腕の力って結構強いんだな、とか――。

いっぱいいっぱいの頭で考えているうちに、鮮やかな赤と青に塗り分けられた建物の前まで来ていた。

漏れてくるのはほのかな冷気と、色とりどりのネオンの光、それと様々なマシーンの発するピコピコした効果音。

「ゲーセンだ」

「嫌だった？」

「ううん。来たことないからめっちゃ新鮮」

いちいち心配そうにしてくるカラスに笑顔で首を振り、私は中に入った。

そう。

これは真実。

頭では知っているのに、経験はない。

だって、私には思い出がないから。

でも、ひとつも嘘は言っていなかった。

私が何者であろうと、このワクワクだけは本物だから。

店内は制服を着た学生と若い人たちで賑わっていて、男女の二人連れはみんなやたらと距離が近い。チラリと、カラスの顔を横目で盗み見る。店内を見回して、何かを真剣に探している様子のカラス。

ねえ。私たちって、周りの人にどう見られてんのかな。

クラスメイト？

ただの、友達？

そんなすました顔してないで、もっと照れくさそうな顔してよ。

カラスが探し当てたのは、傾いた画面とタッチパネルがたくさんある筐体《きょうたい》。

早速カラスがコインを投入する。

「音ゲーってやつ？」

「一緒に遊びたかったやつ。僕が1回やってみる」

カラスがタッチパネルに手を置くと、画面が起動する。レコード形の曲名カードをめくっていき、目当ての曲を選ぶと、早速音楽が流れ始める。

画面に映るのは五線譜のようなライン。譜面の奥から流れてくる音符《ノーツ》をタイミングよくタップしていくというシンプルなルールらしい。

画面に動きはないけれど、迫ってくる音符を目で追っていると、自分が譜面上を高速で進んでいるような錯覚に陥る。

「始まる」

なんていうか、序盤からヤバかった。

ノーツの量も速度もえげつない。それでもなお量産され続けるperfectの文字。小指以外の全ての指をフル活用。どんどん積み上がるコンボ数。ゲーセン内を席巻《せっけん》する、モデルガンを掃射するみたいな小気味良いタッチ音。

ヤバい。

軽い気持ちでゲーセンに来たけど、この人、本物だ……！

感想を言う暇もないまま曲が終わり、最終コンボ数は１６３２。誇らしげに光る《完走》の文字。

カラスは指をパキパキと鳴らした。

「……ヤバすぎる。最後の方とかもう指の動き見えなかった」

全く想像もつかなかった。やんちゃなカラスにこんな繊細な特技があるなんて。

でも、なんだかいいな、こういうの。

彼の新たな一面を知れるのって。

「プレイしてみる？」

画面の前からどいたカラスは、たじろぐ私へとバトンタッチをする。

いや、明らかに初心者に見せるべきプレイじゃなかったでしょ、さっきの。

とにかく、高難易度の曲はもってのほかだ。知っている曲の中で、最も簡単そうなやつを選んで、プレイボタンを押す。

曲が始まって数秒後、私は早くも叫んでいた。

「いやこれ腕ツりそうなんだけど！」


結局あのあと2曲ずつやって、筐体を後にした。

私はだらりと下がった両肩を引きずるようにして歩いていた。

上半身を支配する筋肉痛。特に掌のあんまり使わない筋肉を酷使したから、今の握力じゃカプセルトイのカプセルすら開けられないだろう。

「ったく、ひどい目に遭ったよ」

「割とできてたと思うけど」

余裕綽々《よゆうしゃくしゃく》のカラスに、ささやかな抵抗をするつもりで、私は声を上げた。

「知らないかもしれないから言っとくけど、上手い人に『割とできたね』って言われるほど惨めなことってないから！」

頬を膨らませ、早足で歩き去る。

あからさまな調子で拗《す》ねている私に、流石のカラスも気づいたらしい。

「僕はまあ、結構やってたからな。体がおぼえてるからさ」

それは彼なりの、ぶっきらぼうなフォローだった。

けれどその言葉で、そのセリフたった1行で、私の夢心地は寸断された。

子供の頃。

それは12歳の頃だろうか。それとも10歳？　8歳……？

今一度、思い出す。思い出そうとする。自分が何者かを規定する、子供の頃の記憶。

でも。


――知らなくて当然だよ。だって元々そんな設定ないから。


「ん、どうした？」

ダメだ、考えるな。

もう考えないって決めたじゃん。今日は楽しい時間にするんでしょ？　たとえ委員長に告げられた真実がいかに最低最悪なものだとしても、私はカラスのクラスメイトのテラとして、今日という一日を楽しむんでしょ？

うん。

今日は彼と友達をやれる、たぶん最初で最後の一日なんだから。

4

再び、私の顔を覗き込もうとするカラスへ、私の方からずいと顔を寄せる。

「なんでもないよ。もしかして、ちゃんとリードできてるか不安にでもなった？」

急接近に、カラスがたじろぐのがわかった。

わかりやすく染まる頰の赤みが、なんとも私を良い気分にさせる。

すぐに彼から視線を外し、私は次なる話題を求めて意識を巡らせる。そして、自分の食指を刺激するものを、ついに発見する。

私は大型のクレーンゲームのケージを指さした。

「モルモルだ！」

「モルモルだな」

円盤型の宇宙船に乗った、高度に抽象化《デフォルメ》されたクマのような生き物。落ちもの系パズルゲームに登場するキャラクター、のぬいぐるみ。

やっぱりゲーセンは、ギリギリ欲しくなくもない無駄にでかいぬいぐるみがないと始まらない。

ケージには先客が二人いて、それがまた妙な恰好をしていた。

なんて言うべきか……端的に言うと、犬頭？　エジプト神のアヌビス？　とにかく、黒い犬の被り物をしていて、全身も黒いコートという装い。

どことなく、カラスの標準装備に似ていなくもない。

「妙なやつらだな。近くでコスプレイベントでもあるのか」

全身黒コーデのカラスがそれを言うのか、と思わなくもないが、あの被り物は確かに、街を歩けるラインを超えている。

はっきり言ってヘンだった。

「動画を撮ってネットに投稿してるみたいな人かな？　あっ、どいた――」

しょんぼりと肩を落とす犬頭を、もう一人の犬頭が慰めていた。長い時間粘って捕れなかったらしい。頭部の仮装が張り切っているせいで、トボトボと去っていく姿にはいっそうの悲壮感がある。

私は改めてケージの中を覗き込んだ。

目は、薬のカプセルのようにのっぺりとしていて、口もだらしなく開かれている。

この、完全に『可愛い』に寄せていないデザインが、逆になんとも愛らしい。

うん。モルモル、カワイイ。

「よし。テラ。見とけよ。やってやるさ！」

カラスはそう言って腕まくりし、颯爽《さっそう》と財布を取り出す。そしてコインを投入した。

ぬいぐるみは、片腕では抱きしめられないぐらいに大きい。

三《み》つ叉《また》のクレーンがピコピコ音を出しながら動き始める——。

しばらく時間が経ち、私はついに止めに入った。カラスの課金総額は４０００円を超えようとしていた。それでもまだ諦めがつかないという表情で、血走った目でぬいぐるみを見つめるカラスは、結構な握力でクレーンゲームの台座にしがみついている。

離れろ。離れろって。

「くっ。自分の腕を過信していた……！」

クレーンゲームから離れたカラスはガクリと膝をつくと、厚みが元の半分ぐらいになった財布を、膝の前にポロリと落とす。

くっ、じゃないのよ。

項垂《うなだ》れるカラスの背中に手を回してやる。

犬頭の二人組と同じ構図になっていることに気づいて、おかしくなった。胸の底から自然と笑いが込み上げた。

「ふふ。カラスって本当に負けず嫌いだよね。将来絶対ギャンブルとかやんない方がいいよ」

呆然としているカラスをその場に置いて、私も自分の財布を出した。

「ちょっと私もやってみたい」

全然勝算のない挑戦だった。

5分後には、モルモルは景品取り出し口に転がっていた。

もふもふのぬいぐるみを抱きしめてダブルピースを決めながら、肩を落とすカラスに追い討ちをかけるように私は言った。

「カラスもあとちょっとだったね」

「うう……。上手い人に『あとちょっとだったね』と言われるほど惨めなことはないんだな」

げっそりとした顔のカラスが絞り出すように言う。

「カラス。私、コツ摑んじゃったかも」

私はどうやら、何かの力《スキル》に覚醒してしまったらしい。

1本の突き出た棒にぶら下がった景品をアームに引っ掛けて落とすタイプや、回転するボードの上にボールを落とすタイプなど、それぞれ試して軒並み戦果を挙げた。

スナック菓子にぬいぐるみ、それに大箱に入ったフィギュアが手元に溜まっていく。

しばらく呆然としていたカラスも、途中からタガが外れたのか、私の覚醒した力を応援する側に回っていた。

特大のビニール袋を両手に提げてゲーセンを出た私は、袋の中から一つを取り出してカラスへと手渡した。

「はい。これ、カラスに」

「いいのか？」

「うん。いつも助けられてるし、今日誘ってくれたから」

それは、パッケージに入ったペンダントだった。赤と金の王冠のチャームがあしらわれていて、円筒形の小箱の側面には『ラララたからものは　ご機嫌なメロディ♫』とある。

ちょっと彼の趣味じゃないかも、と思いつつも、実用的なものはこれしかなかった。

「ペンダントを人からもらうのは二度目だ。……ありがとう」

箱を受け取ると、カラスはぎこちなく笑い、パッケージをケープの内側へとしまう。

私は彼の胸元へと視線を向けた。

「そういえばさ、カラスって、いつもそのペンダントしてるね」

三日月のペンダント。

私服登校している時も、そのペンダントはいつも彼の胸にあった。

思えば一度も外しているところを見たことがない。

「大事なものなの？」

無意識のうちに伸ばした私の手から、彼はさっと後ずさり、距離をとった。

私にさえ、触られたくないほど大事なものってことか。

自分の無意識の行動を恥じるみたいに、カラスが慌てて言い募る。

「最初のクエストでドロップしたアイテムなんだ。お前のそのブローチと同じだよ」

「へえ！　アイテムだったんだ、それ」

アイテムはクエスト内で用いる場合、《こうげき力》の補正《バフ》だとか特定のワンダーに対する弱体効果《デバフ》だとかの、特殊効果を発揮する。だがアイテムはスキルと違って、クエスト外に持ち出すことができるし、メニューを使っていつでも呼び出したりしまったりすることができた。

カラスのあの黒いケープも《八咫《やた》の羽衣《はごろも》》というもので、実は対空時間と落下耐性が格段に強化されるレアアイテムだったということを、最近知った。

「アイテムってことは、何か効果があるの？」

カラスはかぶりを振った。

効率厨《こうりつちゅう》のカラスが、まさか効果がないアイテムを肌身離さずつけてるとは。

「クエストをやる前の僕は、生きている意味がわからなかった。自分がなんでこの世界にいるのかわからなかった」

そこで一旦言葉を切ると、さらにカラスはゆっくりと言葉を紡ぐ。

「このアイテムは、最初に巻き込まれたクエストの報酬。僕が、初めて自分の力で勝ち取ったものなんだ」

そう言って、ペンダントをぎゅっと、握り込んだ。

カラスはずっと、ラスボスを倒すためにクエストをやっている。

彼はクエストに出会えたから、強くなれたと言った。

首飾りは、その努力の象徴なのかもしれない。

「ねえ」

ペンダントに想いを馳せるカラスの袖を強く引いて、私は体をずいと寄せる。

「私のやつもたまにはつけてね！」

重くなりすぎないように、朗らかな笑顔で告げる。

カラスはちょっとだけ焦ったような顔をして答えた。

「な、なんだよ。僕かなり喜んでるだろ。えっ、顔でわからない……？」

「それが喜んでる顔なのね。うん。今日覚えた」

それから私たちはカラオケに行って、映画を見て、夕方まで遊んだ。こんな日があっていいのかと思うほど楽しかった。

あなたの嬉しそうな横顔を記憶に焼き付けながら、私は胸の内でずっと二つの言葉を呟いている。

本当にありがとう。

本当にごめんね。

5

特別な日であったはずなのに、人間の帰巣本能というものは馬鹿にできないらしい。

私たちはいつの間にか、いつもの屋上へと戻ってきていた。

聳える斜塔が、眩い夕陽《ゆうひ》に照らされている。

私たちの手にはそれぞれ、空のような色をしたソーダ味のアイスバーが握られていた。

「あっ」

3分の2ほど食べたアイスバーの棒。浮かぶ〝あたり〟の文字。

数百円から始められる幸せの貯金。

「テラ。今日は本当にありがとう」

「逆に、私の方こそね」

「その《ありがとう》だけじゃないんだ。ちょっとそっち行っていいか？」

ちょうど同じタイミングでアイスを食べ終わったカラスは、ハズレだった棒をティッシュで包んで足元に置くと、わざわざ私の隣まで歩いてきて、腰を下ろした。

心臓同士の距離は、30センチもなかった。

そして、ゆっくりとカラスは語り出す。

「僕はクエストに執着があった。ずっと。クエストを進めなきゃいけないっていう、強迫観念みたいなものが。でもそれだけじゃなかった。僕がクエストに執着していたのは、それ以外にこの世界に楽しいことなんてあるはずないと、かたくなに信じていたからだ」

カラスの言葉が、キラキラして聞こえた。

それが心の底から嬉しくて、喜びたくて、抱きしめたくて。

だからこそ……変な感じだった。

この話の向かう先を先回りして考えると、どうしたって、落ち着かない。

「もうクエストはやめようと思う」

「えっ――」

カラスは私が言葉に詰まっているなんて、思いもよらないだろう。

さっきより高らかに、さっきより晴れやかに、自信に満ちた声で、彼は続ける。

「これからはこうやってフツーに遊んで、フツーに学校に行って、フツーの高校生をやるのも、悪くないんじゃないかって。僕さ、」

私をじっと見つめる。あまつさえ彼は、私の両手を取り、男の子らしい手の力で強かに握った。

ぎゅっと固く。

「お前に出会えたから、そう思えた」

今までになく澄んだ声だった。

濁りのない瞳で彼が伝えてくれている。

ああ、そうか。

このタイミングなのか。

ずっと、自分の人生に何かが欠けていると思っていた。生まれてから――少なくとも私の記憶が始まってから――ずっと、待ち焦がれていた瞬間《とき》。自分の命のピースが誰かの心の空白にぴたりとハマる、このひととき。

長らく、そうなることを望んできた。

はずなのに。

よりにもよって《今》なのか。

あっと開けた口を閉じるまでの1・2秒。脳裏に5時間前の記憶が蘇《よみがえ》り、私の希望の全てを焼き尽くす。

*

「ワンダールーラー……？」

そっくりそのままオウム返しにした私に、眼鏡を外した見慣れない顔の委員長は、にっこりと笑って頷いた。

ワンダールーラー。

なんだかよくわからないが、カラスが好きそうなネーミングだな。

「あの、ごめん。全然話が摑めないんだけど」

「だよね」

悪びれもせずそう言うと、委員長は私の手を取った。

「ちょっと場所を変えよう。立ち話できるような話題じゃない」

歩き始めるとまたたくまに、全身がねっとりとした感覚に包まれる。流れがゆっくりになった空気が、粘り気のある液体のように絡みついてくるのだ。世界全体が灰色がかって見えることも手伝って、なんとなく息苦しくなってくる。

けれど違和感も最初のうちだけだった。

半歩前を歩く委員長の歩幅は狭く、腕は私よりもずっとか細い。

姿形は女の子そのもので、握っている柄杓がちょっとだけ変なところ以外は、身なりも容姿も至って普通で模範的。

けれど、明らかに異様だった。

眼鏡を取った顔がレアだとか、そういうレベルではなく、纏う雰囲気が、もうこれまでの委員長とは別物……いや、それも違うか。

別物になったのは、私の方か。

何せ自分の苗字も、幼い頃の記憶も、この街の名前も、思い出せないのだから。

でも、それならば。

私は一体《何》なのだ。

辺りを見回しても、ここは住宅地。マンホール通りのような華やかさはないし、おしゃれな喫茶店も見当たらない。

「どこか店にでも入るの？　だけどみんな、止まっちゃってるよ」

大股を広げ、ネクタイをわずかに靡《なび》かせたサラリーマンの横を通り過ぎる。袖を捲って腕時計を覗き込んでいるその様は、止まっているくせに無駄に躍動感がある。CGの世界に入り込んだような、特大に奇妙な感覚。

委員長は、やたら胸を張って言った。

「僕はルーラーだよ。造物主がわざわざ喫茶店に入るとでも？」

私は目尻を押さえながら、うーんと唸《うな》り声《ごえ》を上げて訊ねる。

「飛ぶウミヘビとか、マントを着た青魚とか、歩く食虫植物とかと、あなたはどう関係してるの……？」

「ワンダーたちは、それぞれが小規模ながら計算能力を持っている。それらを掛け合わせた全てが《ワンダーズ》。僕は、ワンダーズが生み出した仮想人格だよ。ホテルにフロントがあるように、コンピューターに画面があるように、どんな複雑なシステムにも『窓口』があるだろう？　僕はそれさ」

これみよがしにスカートをつまんで、その場でくるりと回ってみせる委員長。

再度うーんと唸り声を上げる私を尻目に、委員長は額に手を当ててキョロキョロと辺りを見回す。

「違法駐車発見。ちょうどいいや」

路上に乗り上げた軽自動車に小走りで近づいていって、そして柄杓を振るった。

もうすでに十分トンデモないことが起こっているっていうのに、私は性懲りもなく驚きの声を上げる。軽自動車の形状がみるみる変化を始め、ほんの数秒で豪奢《ごうしゃ》な鉄とガラスのテーブルセットとティーセットに置き換わった。

「言ったろ、ルーラーは、全てのワンダー《ワンダーズ》を統べるもの。全てのワンダーのスキルを持っているのさ」

委員長がもう一度柄杓を振るうと、椅子がほんの少し浮いて後ろに下がった。今のはアンチグラビティーズを一瞬だけ使ったのだろうか？　別のスキルの可能性も全然ある。考えても仕方のないことだった。

かくして私は、路上に忽然《こつぜん》と出現した即席のカフェテラスに腰を下ろした。

委員長は優雅な仕草で、磁器のカップに紅茶を注《つ》いでくれた。至れり尽くせりのおもてなしが、逆に不気味だ。

委員長は紅茶を一口飲むと、こう切り出した。

「君は前に《答案》と話しているね。そこで彼から聞いたはずだよ。ワンダーは世界そのものだと」

そういえば、あの時答案は、『上司』に命じられたと言っていた。上司に背くと、棒の硬い部分で殴られるとも。私はテーブルに置かれた柄杓を見下ろす。

硬い部分ってのは、これのことか。

つまり、その上司ってのが、この委員長だった、と。

「聞いたけど、でも、喩《たと》え話《ばなし》か何かだと」

私も紅茶に口をつける。死ぬほど熱くて上顎を火傷《やけど》した。

委員長はカップを置くと、

「比喩でもなんでもないよ、テラ」

もっともらしく咳払いをして、そして慎重に間をとった。

それからぐるりと辺りを見回し、

「ここはスカイ・データム社の提供する、仮想医療空間《ケアバース》。心の治療のためにある世界。そして僕は、いや僕らは、その治療のためのプログラムだ」

両腕を広げ、告げる。

またかよ。またそういうふうにあなたは、思わせぶりなことを言うのか。

「何言ってんの。ちょっとヤバいよ委員長」

真剣に話を聞いていたのに、興醒《きょうざ》めだ。

私は、カップの底でソーサーを叩いて、委員長を睨んだ。

けれど。

三つ編みおさげの女の子が見せたのは、いつものヘラヘラとしている彼女がこれまで一度も見せたことのない表情。

心からの、謝意だった。

「ごめん」

雫《しずく》のように言葉が落ち、無音の世界に浸透していく。

私は改めて、停止した空間をじっと見つめる。世界が停止しているなんて、はなからおかしい。でもそれを言ったらワンダーだって、クエストだって、全部もうダメじゃん。世界なんて、元からおかしかったじゃん。

ねえ。

「じゃあ、何、ここは……現実じゃないってこと？」

反論するだけの根拠があった。

さっき紅茶で火傷した、ヒリヒリするこの上顎の痛み。

「ほら、ちゃんと痛い。こんなにリアリティがあるのに、仮想世界とかありえないでしょ」

どうだ。

まいったか。

これであんたを完全に論破した。

もう、だから、その辺にしといてくんないかな。

「それくらいの説得力がなければ、患者はこの世界が虚構だと気づいてしまう。それに現実感《リアリティ》と現実《リアル》は別さ。君は現実というものを知らないんだから、そもそも比較できないだろう？」

それを言ったら僕もだけど、と──委員長は自嘲っぽく笑う。

それから彼女は再び、残酷なまでの真剣さでもって私と向き合った。

「テラ。君にはショッキングな話だと思う。君は他のものたちとは違って、世界の前提を何一つ教えられていない。ぼんやりとした仮想の記憶を設定され、現状にどこか退屈と閉塞感をおぼえる女子高生として、君はずっと、この医療空間《ケアバース》で待機状態にされていた」

「医療空間って……。でも、何。誰のための？」

「治療対象は、天島月彦《あまじまつきひこ》という男の子だ。年齢は18。東京という都市の、精神科一般病棟に入院している。彼は幼少の頃受けた心的外傷《トラウマ》に苦しみ、ほとんど寝たきりの状態にある」

「寝たきり、って」

天島月彦。

その文字列。

その音の並び。

それぞれが耳に残ってる。

ツインタワー天島。それと、あの三者面談のワンダーが呼んでいた、ツキヒコという名前。天島月彦の痕跡は、この世界にすでにばら撒《ま》かれていた。

そして強いワンダーほど、カラスの苦手をついてきていた。

難しいクエストほど、彼は精神的に追い詰められていた。

そうか。

「テラ、気づいたんだね。そう、カラスはある特殊な施術により、天島月彦としての記憶を封じられている。ワンダーとは天島月彦の、トラウマの具現だ。そしてクエストとは、トラウマの《可視化療法《エンパースペクト》》——モンスターという形で出現するトラウマと戦い、向き合うことで、乗り越えるためのプログラムだよ」

「なんで、今なの」

意思の堤防が決壊して、溢れた。

喉元で抑え込んでいた声が、とめどなく。

「そういう大事なことはもっと最初から教えといてよ！　おかしいだろ普通に！」

身を乗り出し、両手をテーブルへと打ち下ろした。

委員長のティーカップだけが倒れて、紅茶がガラスの天板に河を作る。

「君にも役割がある。だけど、それは世界の秘密を知ってしまっていては果たせないと、僕が判断したからだ」

急激に、両膝から力が失われていくのを感じる。

そのまま崩れ落ちるように椅子に腰を付け、ジンジンと痛む掌を、もう片方の掌で覆うように、握る。

「なんで明かしたの……？　知らなければ、現実だと、思っていられたのに」

「それは、タイムリミットが迫ってきているからだよ」

委員長が柔らかな声音で告げる。

「本プログラムは現在、何者かによるハッキングを受けている。その象徴が――」

委員長は視線をもたげた。

指さすまでもない。その視線の先にある建物なんて、一つだ。

「斜塔……」

「よく見てて。今から3秒だけスキルを解く」

そう言って席を立った委員長は、斜塔へと柄杓を向ける。

空を十字に切るように、振るった。

直後。

『建設中！』と看板をデカデカと掲げた巨塔が、禍々《まがまが》しい黒い柱へと変化した。空を、縦方向にパックリと引き裂いたような、漆黒の亀裂。

まばたきするうちに、亀裂は塔へと戻る。

「何者かが、外部からこの仮想世界に侵入を試みている。今見せた亀裂は、プログラムの破損さ。僕がレタッチを使って、形状だけは建物の形に留《とど》めているんだ」

街を見下ろす、2・5度傾いた塔。

間違いだらけの世界の象徴みたいな斜塔を背に、委員長は語った。

「塔の建設が完了する時、それはこの世界が強制終了となる時だ。それまでに、僕らは天島月彦の治療を終わらせなければならない」

「待ってよ」

私は椅子を引いて、立ち上がった。

そして委員長を、あらん限りの精神力を使って睨んだ。

「さっきから何を言ってるの、僕ら、って。この世界がサ終寸前だってことはわかった。でも私はここで生きてる。私をもうこれ以上巻き込まないで」

「テラ……」

委員長の、その、心底申し訳なさそうな表情。

その、慈悲深い視線。

「ごめんね。本当はゆっくり慣らしていくつもりだった。けれどもう時間がない。それに君は、自分が何者であるか知ることを切望していたはずだ」

確かに私は怖かった。

高校2年生になって、進路希望調査があって、何も答えられなくて。ずっと続くと思っていた今が途切れて、ナルコとレムも付き合っちゃって。私以外のみんながやりたいことを見つけていくのが、置いてかれてるみたいでつらかった。

私はずっと、生きる意味を、役割を、切望していた。

でも――。

「カラスくんのことが気になるかい？　前に伝えたよね。その気持ちは恋か、あるいは患者を想う医師の感情だと。君にはちゃんと備わっているんだ、患者を想う気持ちが。テラ、君の自覚と、協力が必要なんだ」

「嫌だ」

喉仏を指で押した時みたいに、えずいた。私はダンゴムシみたいにその場に縮こまった。

「聞きたくない」

耳を両手で覆い、瞼に力を込めて目を瞑り、頭を両膝で抱く。

目一杯内側へ、内側へ。

心を匿《かくま》う。

「それ以上はもうやめて！」

「君は固有の人格を与えられた、医療プログラムの一部。つまり――」

それでも、真実は私を決して取り逃がさない。

委員長が静かに告げる。

「君も、ワンダーだ」

＊

自分が何者か。

なんのために生み出されて、これから何をして生きていくのか。

1枚の進路希望用紙が、私に突きつけた難問。

あの問いかけは、私が出会った最初で最後の、人生の最大の宿敵だったんだと思う。

けれどレムも、ナルコも、センセーも、空も海も大地も魚も答案も三者面談も、そして私でさえ——カラスというたった一人の男の子を治療するためのプログラム《ワンダーズ》の一部だった。

私が何者かということを、私以外のみんなが知っている。

置いてきぼりにされるみたいで怖かったけれど、それはプログラムだから当たり前のことだった。

空を駆けるウミヘビのワンダーでさえ、みんな自分の存在に迷いがない。

でも、じゃあ、私の役割は？

私の生み出された意味は？

私は、一体《何》のワンダーなの……？

＊

あっと開いた口を固く閉じ、私が作ったのは笑顔だった。その時、描き出せる最大限の幸福そうな笑顔。人生最大の工夫を凝らした欺瞞《うそ》。

すると、カラスは首に手をやり、ペンダントを外した。

「ん」

そして、私の握り込まれた左手をそっと開き、掌に載せた。

三日月のチャームをあしらったペンダントには、まだカラスの体温がほのかに残っている。

「……触っていいの？」

「まあ。隠すようなもんでもないしな」

材質は、何でできているんだろう。石かな、それともプラスチック？　そういう考

えが、冷笑とともに胸の底に消える。だってここは仮想世界。いかにこの手触りがリアルだろうと、ただのデータでしかない。私の小刻みに震える指も、彼のほんのり朱に染まった頰でさえ、笑えるほどよくできた残酷な二進法――コンピューター上の数字の戯れなのだ。

けれど、

「結構、重いね」

左手に伝わってくるのは、ずっしりとした重さだった。

カラスの想いの強さが具現化したかのような、見た目以上の重量感。もしかしたら何か希少鉱物のデータを使っているのかもしれない。

その重さがまやかしだとは、どうしても思えない。

カラスは、三日月の表面をつつくように触れる。

小窓のメニューが浮かび上がり、そこにアイテムの説明が表示される。

《月の記憶》ランクC。月をあしらった平凡なペンダント。追加効果なし。

たったの1行。

他のアイテムが何行もある中で、だいぶ簡素な説明文だ。

「ほんとだ。何にもない」

「だろ」

ペンダントの本当の名前は《月の記憶》。でも、その呼び方はしっくりこない。

私には、月のペンダントでいい。

「でも、なんかこれだけは捨てられなくてさ」

カラスが、にししと笑う。

「ゲームの序盤のアイテム、捨てられないやつ、あるよね」

私は答える。経験したことのない、設計された記憶から答えを引《ひ》き摺《ず》り出《だ》す。

「ね」

カラスは段差から立ち上がり、夕暮れへと半歩足を踏み出した。

レーザー光線のように眩《まぶ》しい西陽が、彼の姿をたちまち逆光に隠す。

彼は逆光の中で振り返った。あるいはそれは、表情を隠すための巧みなポジショニングだったのかもしれない。

「クエストは、僕を強くしてくれた。現にこうやってお前に、自分のことを話せるようになった。だから僕は、今なら前に進めると思う」

「カラス」

呼びかけてから、私の体を後悔が駆け抜けた。

明日にするつもりだった。せめて今日という一日は、この燃えるような夕焼けが闇に溶けて美しい思い出になるまで、楽しく過ごすつもりだった。いくらタイムリミットが迫っているとはいえ、それぐらいは許されるだろうと思っていた。

ああ。

なんでだろう。

私はいつも間違える。

「あなたは、私と一緒にいるべきじゃない」

今度はカラスが、声を上げた。

「はっ……？」

それ以外にどういう顔をしたらいいんだよっていう、表情。わかるよ。私もよくそういう顔するから。

どれぐらい心が痛むのか、わかるよ。

「お前、今、なんて」

「だから。あなたは私となんて、一緒にいるべきじゃない」

「なんでそんなこと言うんだよ」

カラスの体が硬直する。

私は低く、うめくような言葉を、ゆっくりと吐き出していく。

「ごめん。うまく、説明できないし、私と仲良くしてくれることは、嬉しい。けど……あなたがクエストをやらなくなるのは、ダメなの」

「だからなんで！」

「それは、」

なんで。

それは私があなたのことを、大事に思ってしまったからだ。

そしてこの世界が、マガイモノだと知ってしまったからだ。

黙っていればいいものを。私ってバカだ。不器用だ。いや百歩譲って不器用じゃないにしても、馬鹿正直すぎる。もっと、ズルく生きられたらよかった。あなたの病気のことなんて知らんぷりして、あなたの差し出した手をただ取ってはにかめる、ズルい女の子だったらよかった。

でも。

これだけは、間違えたくない。

「私には未来がなくてあなたには未来があるから」

私は左手をぐっと握り込む。

三日月が掌に突き刺さって痛かった。

その痛みが、私を冷静にしてくれる。

私はただのプログラムだ。私が感じる私の意識の確かさなんて、今は問題じゃない。

この世界にあるたった一つの問題は、カラスの、いや天島月彦の病状。彼の治療の進捗こそ、この世界の、ワンダーズの唯一の存在意義なのだ。そして治療のためには、クエストを進めなければならないのだ。

彼はこの世界から出ていく運命にある。

だから、この世界に残る私なんかと一緒にいるべきじゃない。

カラスが腕を振るった。

ケープが翻った。

唇は乾いていた。

瞳は充血していた。

そんなところまで緻密に作り込んであるケアバースが、憎たらしかった。

「お前になくて、僕にだけ未来があるとどうしてわかるんだよ！　なんでそんなこと言えるんだ！」

全てがツクリモノのこの街で、彼の怒りと絶望はどうしようもないほどリアルだ。

もういっそ全部が幻であってほしいと望む自分がいる。

それでも、私は笑おうとしたのだ。こんな状況であっても、笑えることなんて一つもなかったとしても、頬を引き攣らせて、まなじりを柔らげて。

しかし果たして、私はうまく笑えていただろうか。

「テラ、お前は、なんで……」

カラスの手が伸びてくる。

今、彼に触れられたらどうすればいいかが、わからなかった。

「ダメ」

振り払った。

その手の中に握り込まれていた、ペンダントごと。

指と指の間を、革紐《かわひも》がすり抜けていく感覚が走る。美しい三日月は、重力に引かれ放物線を描いて落ちていく。

そして——落下地点の硬度は、アイテムの耐久度《ライフ》を上回った。

「カラス、これは……！」

風がビュンと吹いて、私は視線を水平の高さまで上げた。

その時のカラスの表情を、私は一生忘れることがないだろう。果たして自分にどれほどの一生《ライフ》が残っているかも、わからないけれど。

「ごめん」

ようやく私の口がその言葉を紡ぎ出したのは、カラスが無言のまま去ったあとだった。

屋上《そこ》にはもう人間がいなかった。

人間ではない私は、二つに割れた三日月のペンダントを握り締め、向けるあてのない言葉を、ただゆっくりと吐き出した。

「カラス、ごめんね」

下巻に続く▼

●インタールード Interlude

【特殊スキル】ランクS

【属性】ネガティブ

【効果】自分以外の世界の時間の流れを遅くする。結果的に、相手よりだいぶ速く動くことができる。任意の相手を自分の時間内に連れ込むことも可能。

【SS】昏《くら》き大地に――〔データ破損〕されていた。――帰途した探索者は――3分の1――誰もが〔データ破損〕。インタールードは――〔データ破損〕に関与する力。磁性流体に記録――によれば〔データ破損〕――を〔データ破損〕する。最後の探索者曰く〔データ破損〕――に終わりが近い。

●レタッチ Re-touch

【特殊スキル】ランクA

【属性】ポジティブ

【効果】自分を含め、触れたもののスガタ・カタチを自在に変化させる。ただし重さは変えられないので注意！

【SS】君は私に優しくしてくれた。君のことが好きでした。でも君は二度と戻れない場所に行ってしまった。私は精一杯悩み、君の代わりに君になることにしました。君の代わりに学校に行き、君の代わりに宿題をし、君の代わりに人を助ける。そうすればいつかまた君に会えると、私は思ったのです。

＜初出＞

本書は、「電撃ノベコミ＋」に掲載された『トンデモワンダーズ』を加筆・修正したものです。

この物語はフィクションです。実在の人物・団体等とは一切関係ありません。

メディアワークス文庫

トンデモワンダーズ 上《じょう》

〈テラ編《へん》〉

人間六度《にんげんろくど》

原案：sasakure.UK

2024年1月25日　初版発行
2024年6月15日　3版発行

発行者　山下直久
発行　株式会社KADOKAWA
〒102-8177　東京都千代田区富士見2-13-3
0570-002-301（ナビダイヤル）
装丁者　渡辺宏一（有限会社ニイナナニイゴオ）
印刷　株式会社KADOKAWA
製本　株式会社KADOKAWA

●お問い合わせ
https://www.kadokawa.co.jp/（「お問い合わせ」へお進みください）
※内容によっては、お答えできない場合があります。
※サポートは日本国内のみとさせていただきます。
※Japanese text only

※定価はカバーに表示してあります。

Printed in Japan
ISBN978-4-04-915297-5 C0193

メディアワークス文庫　https://mwbunko.com/

本書に対するご意見、ご感想をお寄せください。

あて先
〒102-8177　東京都千代田区富士見2-13-3
メディアワークス文庫編集部
「人間六度先生」「sasakure.UK先生」係

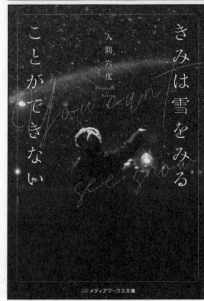

永遠《とわ》のあなたと、死ぬ私の10の掟

人間六度

愛してるよ、どの時代の誰よりも。
命のサイクルを超えたラブストーリー。

500年を超える悠久の時を生きてきた不死身の床無くん。

平成の終わり頃、髪結いを生業とする彼と出会い、一瞬で恋に落ちた真昼は、奇妙な「十の掟」を交わす。それは二人がうまく付き合っていくための大事な約束だという。第一の掟「掟ヲ守ル事」、第二の掟「姓デ呼バヌ事」……。

煌めくような日々の経過と共に明かされる掟に秘められた真意と、床無くんが古から見送ってきた幾つもの人生。しかし、第九の掟がもたらしたのは残酷な運命だった——。

これは、永遠に残る愛の形。

どうか、彼女が死にますように

喜友名トト

これは、世界一感動的な、
僕が人殺しになるまでの物語。

　とある事情により、本心を隠して周囲の人気者を演じていた大学生の夏希。
　その彼に容赦ない言葉を投げたのは、常に無表情で笑顔を見せない少女、更紗だった。
　夏希は更紗に興味を持ち、なんとか笑わせようとする中、次第に彼女に惹かれていく。
　だが、彼女が“笑えない”ことには理由があった――
「私、笑ったら死ぬの」
　明かされる残酷な真実の前に、夏希が出した答えとは？
　想像を超える結末は、読む人すべての胸を熱くする。

メディアワークス文庫

世界一ブルーなグッドエンドを君に

喜友名トト

『どうか、彼女が死にますように』
著者・最新作！

天才サーファーとして将来を嘱望されつつも、怪我により道を断たれてしまった湊。

そんな彼のスマホに宿ったのは見知らぬ不思議な女の子、すずの魂だった。

実体を持たず、画面の中にのみ存在するすずは言う。

「私は大好きな湊くんを立ち直らせるためにやってきたの」

それから始まる二人の奇妙な共同生活。やがて明らかになるすずの真実は、湊を絶望させる。だが、それでも——。

広がる海と空。きらめくような青。これは出会うはずのない二人が紡ぐ、奇跡の物語。